James Bowen

Alle lieben Bob. Neue Geschichten vom Streuner

Weitere Titel des Autors:

Bob, der Streuner. Die Katze, die mein Leben veränderte
Bob, der Streuner. Bob und wie er die Welt sieht
Ein Geschenk von Bob. Ein Wintermärchen mit dem Streuner
Bob, der Streuner. Die Geschichte einer außergewöhnlichen Katze
Bob, der Streuner. Das ist meine Geschichte

Titel in der Regel auch als Hörbuch und E-Book erhältlich

James Bowen

Alle lieben Bob

Neue Geschichten vom Streuner

Aus dem Englischen
von Ursula Mensah

Boje

MIX
Papier aus verantwortungsvollen Quellen
FSC® C014496

Dieser Titel ist auch als E-Book erschienen.

Titel der englischsprachigen Originalausgabe:
»For the love of Bob«

Umschlaggestaltung: Thomas Krämer
Umschlagmotiv: © Clint Images (Bob), shutterstock.com (background)|
Author Photograph; Hachette UK Limited
Satz: Greiner & Reichel, Köln
Gesetzt aus der Adobe Caslon Pro
Druck und Einband: GGP Media GmbH, Pößneck

Printed in Germany
ISBN 978-3-414-82430-1

5 4 3 2 1

Sie finden uns im Internet unter: www.luebbe.de und unter www.boje-verlag.de

Für Garry, meinen Mentor und Lehrer, Mary, meinen Engel von der Angel Station, und für Rowena und Kerry, die mir eine Chance gaben. Ich liebe sie alle sehr. Mein besonderer Dank gilt meiner Kitty Belle, die aus meinem und Bobs Leben nicht wegzudenken ist.

Wenn du eine Katze um dich hast, fühlst du dich gleich weniger allein.

Louis Camuti

Könnte man Menschen mit Katzen kreuzen, würde dies die Menschen veredeln, aber die Katzen herabsetzen.

Mark Twain

Kapitel 1

Ein schlechter Tag

Es war einer dieser Tage, an denen alles schiefläuft. Meine Pechsträhne begann schon vor dem Aufstehen: Ich hatte verschlafen, weil der Wecker nicht klingelte.

»Bob«, rief ich entsetzt, »wir kommen zu spät!«

Bob sah mich mit seinen großen grünen Augen gelassen an.

»Beruhig dich, James«, schien er zu sagen. »Wir haben alles im Griff.«

Schnell suchte ich alles zusammen, was wir für die Arbeit brauchten, und wickelte Bob einen besonders dicken Schal um den Hals, um ihn vor der Kälte zu schützen. Dann verließen wir im Laufschritt meine Wohnung in Tottenham, einem Stadtteil in Nordlondon, um den Bus nach Islington zu erreichen, wo ich die Obdachlosenzeitschrift *The Big Issue* verkaufte. Bob lief an der Leine neben mir her. In letzter Sekunde erreichten wir den Bus.

»Geschafft«, keuchte ich erleichtert.

Aber schon nach etwa fünf Minuten Fahrzeit passierte die nächste Panne.

Bob saß, wie immer, neben mir am Fenster und döste vor sich hin, bis er auf einmal ruckartig den Kopf hob und sich argwöhnisch umsah.

Das hieß so viel wie: »Hier stimmt was nicht.«

In den zwei Jahren, die ich ihn nun schon kannte, hatte er sich noch nie geirrt. Auch nicht an diesem Tag. Nach wenigen Sekunden füllte sich der Bus mit beißendem Rauchgeruch.

»Die Fahrt ist hier zu Ende«, rief die aufgeregte Stimme des Busfahrers über den Lautsprecher. »Alle aussteigen! Aber schnell, bitte!«

Der Bus war ziemlich voll, und auch wenn es nicht mit der Evakuierung der *Titanic* vergleichbar war, so schubsten und schoben doch alle auf einmal zu den Ausgängen. Ich verließ mich lieber auf Bob, der es nicht sonderlich eilig hatte. Wir blieben sitzen, bis das Gedränge vorbei war, und stiegen als Letzte aus. Es war eine gute Entscheidung gewesen. Im Bus hatte es zwar ziemlich gestunken, aber zumindest war es warm.

Wir standen genau gegenüber einer Großbaustelle. Durch die Lücke zwischen den anderen Gebäuden pfiffen uns eisige Windböen um die Ohren. Ich war sehr froh, dass ich Bob heute Morgen den extradicken Schal umgebunden hatte.

Ein paar Minuten später informierte uns der Busfahrer: »Es war nur ein überhitzter Motor. Aber wir müssen auf einen Mechaniker warten, der das Problem beheben kann.«

Also standen wir mit den anderen Fahrgästen eine halbe Stunde zitternd und frierend am Straßenrand und warteten auf den Ersatzbus.

Als Bob und ich endlich an unserer Haltestelle in Islington Green ausstiegen, waren wir geschlagene neunzig Minuten unterwegs gewesen. Jetzt waren wir tatsächlich viel zu spät dran. Wir hatten die Mittagspause der Geschäftsleute verpasst, eine lukrative Zeit für den Verkauf der *Big Issue*.

Auf den letzten fünf Minuten Fußweg bis zum U-Bahnhof Angel Station wurden wir leider noch weiter aufgehalten – wie immer, wenn ich mit Bob unterwegs war. Manchmal lief er neben mir her an der Leine, aber meistens thronte er auf meinen Schultern. Da hatte er den besten Ausblick, wie ein kleiner Pirat aus dem Aussichtskorb vom höchsten Mast seines Schiffes. Wir beide waren kein alltäglicher Anblick, deshalb mussten wir immer wieder stehen bleiben, weil jemand Bob streicheln oder ein Foto von uns schießen wollte. Normalerweise störte mich das kein bisschen. Ich wusste ja, dass Bob gern im Mittelpunkt stand.

Die Erste, die uns an diesem Tag anhielt, war eine kleine Frau mit russischem Akzent.

»Oh, *koschka*, so ein Hübscher!«, säuselte sie bei Bobs Anblick.

Ich blieb stehen, damit sie Bob gebührend bewundern konnte, aber sie streckte gleich die Hand aus und wollte ihn an der Nase berühren. Das war ein schwerer Fehler.

Bob reagierte instinktiv. Er wehrte ihre Hand mit einem blitzschnellen Pfotenhieb ab und gab ein empörtes »Miiiiiauuuu« von sich. Zum Glück hatte er seine Krallen nicht ausgefahren, die Frau war aber dennoch so verschreckt, dass es eine Zeit lang dauerte, bis ich sie beruhigt hatte.

»So etwas sollten Sie nie tun, wenn Sie ein Tier nicht kennen«, erklärte ich ihr in ruhigem, höflichem Ton. »Wie würden Sie denn reagieren, wenn Ihnen ein Fremder zur Begrüßung gleich ins Gesicht fassen würde? Sie haben Glück, dass er Sie nicht gekratzt hat!«

»Ich wollte ihn doch nicht ärgern«, bedauerte sie. »Es tut mir so leid, soooo leid!«

Sie war ziemlich niedergeschlagen. »Los, ihr beide, vertragt euch«, versuchte ich zu vermitteln.

Erst nach gutem Zureden erlaubte Bob ihr, ihm langsam und vorsichtig den Rücken zu streicheln. Die Frau hörte gar nicht mehr auf, sich bei Bob zu entschuldigen, und war nicht so leicht wieder loszuwerden.

Als wir endlich an der U-Bahn-Station ankamen, legte ich, wie üblich, meinen Rucksack für Bob als weiche Unterlage auf den Boden und drapierte die *Big-Issue*-Zeitschriften um ihn herum. Ich musste heute mindestens zwei Dutzend davon verkaufen, denn wie immer brauchte ich das Geld dringend.

Doch bevor ich auch nur ein einziges Magazin verkauft hatte, platzten die dunklen Wolken über uns auf, und es begann zu schütten. Wir retteten uns schnellstmöglich in eine überdachte Unterführung zwischen einer Bank und einem Bürogebäude.

Bob hasste Regen, besonders bei Kälte. An diesem Tag schien ihn der Regen schrumpfen zu lassen. Auch sein Fell, das sonst hell wie Orangenmarmelade leuchtete, bekam einen traurigen Graustich. Kein Wunder, dass er den Leuten weniger auffiel und kaum einer seinetwegen stehen blieb. Und ich demnach viel weniger Zeitschriften verkaufte als geplant.

Bob zeigte mir unmissverständlich, dass er keine Lust hatte, bei diesem Wetter noch länger auf der Straße herumzuhängen. Er bombardierte mich mit vernichtenden Blicken und rollte sich ein wie ein rotpelziger Igel.

»Ich verstehe schon, Bob«, sagte ich seufzend. »Aber das Wochenende steht vor der Tür, und ich muss noch Geld verdienen, um für uns einzukaufen. Mein Zeitschriftenstapel ist noch genauso hoch wie bei unserer Ankunft. Wir müssen unbedingt noch ein paar verkaufen!«

Kapitel 2

Der Nachtwächter

Das Wetter wurde nicht besser. Am späten Nachmittag tauchte dann auch noch ein junger Polizist in Uniform auf.

»Haben Sie eine Lizenz, um hier Zeitschriften zu verkaufen?«, wollte er wissen.

»Aber natürlich, Officer«, erwiderte ich höflich. »Ich habe einen Ausweis mit registrierter Verkäufernummer, und solange ich kein öffentliches Ärgernis errege, darf ich hier von morgens bis abends meine Zeitschriften anbieten.«

Das schien ihn jedoch nicht zu beeindrucken. »Leeren Sie Ihre Taschen aus«, befahl er mir. »Wollen wir doch mal sehen, was wir da finden.«

Keine Ahnung, warum er mich durchsuchen wollte, jedenfalls fand er nichts von dem, was er sich wohl erhofft hatte.

Zu guter Letzt nahm er Bob ins Visier: »Ist das Ihre Katze?«

»Ja, der gehört zu mir«, sagte ich. »Er ist vorschriftsmäßig auf mich angemeldet und gechipt.«

Der Officer versuchte nicht einmal mehr, seine schlechte Laune zu verbergen, aber ihm blieb nichts anderes übrig, als unverrichteter Dinge weiterzugehen.

Am frühen Abend gab ich auf. Ich fühlte mich ausgelaugt. Mit Müh und Not hatte ich gerade mal zehn Zeitschriften verkauft und nur einen Bruchteil meiner üblichen Tageseinnahmen erreicht. Ich habe lange genug von Dosenbohnen zum Sonderpreis und Brot vom Vortag gelebt, um zu wissen, dass ich nicht verhungern würde. Ich hatte noch genug Geld, um ein bis zwei Dosen Katzenfutter für Bob zu kaufen und um die Gas- und Stromuhren in der Wohnung mit Kleingeld zu füttern, damit wir es warm hatten. Aber ich hätte es mir so gerne erspart, am Wochenende zu arbeiten. Der Wetterbericht hatte weiterhin Regen angekündigt, und ich war müde und erschöpft.

Auf der Heimfahrt im Bus wurden mir die Glieder schwer, und mir war abwechselnd heiß und kalt. Ein sicheres Zeichen, dass eine Grippe im Anmarsch war.

Na toll, das hat mir gerade noch gefehlt, dachte ich und kuschelte mich tiefer in meinen Sitz, um ein Nickerchen zu machen.

Der Himmel war inzwischen tintenschwarz, und die Straßenlaternen waren bereits an. Bob fand London bei Nacht faszinierend. Während ich immer wieder einnickte und hochschreckte, starrte Bob neben mir wie gebannt aus dem Busfenster, völlig versunken in seiner eigenen Welt.

Kurz nach der Haltestelle Newington Green war ich fest eingeschlafen. Ein leichtes Tappen am Oberschenkel und das Kitzeln von Schnurrbarthaaren an meiner Wange holten mich aus dem Tiefschlaf. Als ich die Augen öffnete, schwebte Bobs Gesicht genau vor meinem, während er mit seinen Vorderpfoten mein Knie bearbeitete.

»Was ist denn?«, fragte ich leicht genervt.

Bob machte eine Bewegung, als wollte er vom Sitz springen. Dabei warf er mir beunruhigte Blicke zu.

»Kommst du jetzt, oder nicht?«, schien er zu fragen.

Erst als ich aus dem Fenster sah, begriff ich, wo wir waren – kurz vor unserer Haltestelle! Ich schnappte meinen Rucksack und konnte gerade noch rechtzeitig den Halteknopf drücken. Ohne meinen kleinen Nachtwächter hätte ich auch noch den Ausstieg verpasst.

Auf dem Heimweg holte ich mir in der Apotheke ein paar billige Grippetabletten. Im nächsten Laden kaufte ich ein paar Katzensnacks für Bob und einen Beutel seines Lieblingsmenüs, Hühnchen in Soße. Irgendwie musste ich mich ja bei ihm bedanken. Wir hatten einen grauenhaften Tag hinter uns und Grund genug für eine Runde Selbstmitleid. Aber als ich endlich in meiner warmen, kleinen Wohnung saß, sah die Welt schon wieder ganz anders aus.

»Ich habe wirklich keinen Grund zum Jammern, stimmt's, Bob?«, sagte ich zu ihm, während er genüsslich sein Futter verschlang. »Wenn ich unsere Haltestelle verschlafen hätte, wären wir jetzt immer noch da draußen unterwegs.«

Es regnete inzwischen ziemlich heftig, da hätte ich mir bestimmt etwas viel Schlimmeres eingefangen als nur eine leichte Grippe. Ich hatte Glück gehabt – in mehr als nur einem Sinn.

Es gibt ein altes Sprichwort, das sagt: *Es ist schöner, sich an Dingen zu erfreuen, die man erreicht hat, als über alles zu jammern, was man nicht besitzt.*

Nach dem Abendessen saß ich eingekuschelt in eine warme Decke auf dem Sofa und schlürfte heißen Tee. Bob schlummerte zufrieden auf seinem Lieblingsplatz an der Heizung. Er hatte all die Probleme des vergangenen Tages längst vergessen und war gerade einfach nur ein sehr zufriedener Kater.

»Ich sollte die Welt genauso sehen wie Bob«, sagte ich mir. Immerhin gab es so vieles, wofür ich genau in diesem Moment dankbar sein konnte. Nicht zuletzt für Bob.

Vor etwas über zwei Jahren hatte ich Bob verletzt auf einer Fußmatte im Erdgeschoss meines Mietshauses gefunden. Als ich ihn im düsteren Hausflur entdeckte, sah er aus, als wäre er von einem anderen Tier angegriffen worden. Sein Körper war übersät von Kampfspuren.

Anfangs dachte ich, er würde einem Nachbarn gehören. Aber als er mehrere Tage an derselben Stelle hockte, nahm ich ihn mit nach oben in meine Wohnung und pflegte ihn gesund. Ich gab mein letztes Geld für seine Medikamente aus, aber das war er mir wert. Er hatte mein Herz im Sturm erobert.

Bob war ganz offensichtlich ein Streuner, also ging ich davon aus, dass er sich aus dem Staub machen würde, sobald es ihm besser ging. Aber er wich mir nicht mehr von der Seite. Immer wieder brachte ich ihn nach unten vor die Tür und ließ ihn frei, aber entweder lief er mir hinterher oder er tauchte abends im Hausflur wieder auf, um die Nacht bei mir zu verbringen.

Man sagt, dass Katzen sich ihren Menschen aussuchen und nicht umgekehrt. Dass sich Bob für mich entschieden hatte, wurde mir endgültig klar, als er mir eines Tages bis zur Bushaltestelle folgte. Mir blieb gar nichts anderes übrig, als ihn zu verscheuchen. Als er in der Menschenmenge verschwand, dachte ich, es wäre das letzte Mal, dass ich ihn gesehen hatte. Aber gerade als der Bus losfahren wollte, tauchte Bob wie ein orangefarbener Pfeil aus dem Nichts wieder auf, sprang in den Bus und fläzte sich wie selbstverständlich auf den Sitz neben mir. Und das war's dann.

Bob und ich waren Seelenverwandte. Wir halfen uns gegenseitig, unsere schwierige Vergangenheit zu verarbeiten und hinter uns zu lassen. Bob bekam von mir Zuwendung, Futter und ein Dach über dem Kopf, dafür schenkte er mir Hoffnung und gab mir einen Grund, morgens aufzustehen. Er bereicherte mein Leben mit Vertrauen, Liebe und Spaß, aber auch mit einem Verantwortungsgefühl, das ich bisher nicht gekannt hatte. Durch ihn steckte ich mir wieder Ziele und sah die Welt mit anderen Augen.

Über zehn Jahre war ich obdachlos und drogenabhängig gewesen, taumelte ziellos und unbeachtet durch die Straßen von London.

Als Obdachloser war ich unsichtbar. Ich wusste nicht mehr, wie ich mich meinen Mitmenschen gegenüber verhalten sollte. Für die Gesellschaft war ich tot. Aber mit Bobs Hilfe erwachte ich langsam wieder zum Leben. Ich nahm zwar noch Medikamente, aber ich konnte Licht am Ende des Tunnels sehen, und ich hoffte, komplett clean zu werden.

Es war nicht leicht. Das ist es nie, wenn man eine Sucht oder eine blöde Angewohnheit aufgeben will. Meine Arbeit auf der Straße war dabei nicht gerade hilfreich. Hinter jeder Ecke lauerte neuer Ärger, und irgendwie schien ich Probleme anzuziehen wie ein Magnet. Ich sehnte mich danach, dieses Leben hinter mir zu lassen. Noch hatte ich keine Ahnung, wie, aber mit Bob an meiner Seite war ich wild entschlossen, es zu versuchen.

Für die meisten Menschen habe ich nichts erreicht im Leben. Ich hatte nie genug Geld, konnte weder ein beeindruckendes Heim noch ein Auto vorweisen. Aber ich hatte meine kleine Wohnung und meinen Job als *Big-Issue*-Verkäufer. Zum ersten Mal seit vielen Jahren hatte ich eine Perspektive – und Bob. Auf seine Freundschaft konnte ich mich verlassen.

Ich stand auf, um früh ins Bett zu gehen. Vor dem schlafenden Bob blieb ich kurz stehen und kraulte seinen Nacken.

»Wo wäre ich bloß ohne dich, mein kleiner Freund?«

Kapitel 3
Neue Kunststücke

Manche Leute brauchen das Radio, um morgens wach zu werden, andere ihre Morgengymnastik oder eine Tasse Tee oder Kaffee. Bob und ich brauchen Zeit zum Spielen.

Sobald ich wach werde, rappelt sich Bob aus seinem Körbchen im Schlafzimmer auf, schlendert gemächlich zu mir herüber und starrt mich erwartungsvoll an. Dann gibt er aufmunternde Laute von sich, die sich wie ein Klingelton anhören: »Brrr, brrr.«

Wenn ich ihn dann noch nicht beachte, wechselt er die Tonart. Aus »miau« wird ein trauriges Flehen: »Uuuuwäääääh. Uuuuwäääääh!«

Manchmal stützt er sich dabei mit den Vorderpfoten auf der Matratze ab, sodass er mir direkt ins Gesicht sehen kann. Dann tippt er mir eine Pfote sanft ins Gesicht.

»Hallo! Wie lange willst du mich noch ignorieren?«, soll das heißen. »Ich bin schon ewig wach und habe einen Mordshunger, also wo bleibt mein Frühstück?«

Wenn ich dann immer noch nicht in die Gänge komme, fährt er die Charmeoffensive auf. Dabei ahmt er perfekt den Gestiefelten Kater aus den Shrek-Filmen nach und starrt mich mit seinen großen leuchtendgrünen Augen hingebungsvoll an. Dabei sieht er so herzerweichend süß und absolut unwiderstehlich aus, dass er mir damit immer ein Lächeln entlockt. Und alles kriegt, was er haben will.

In meinem Nachtschränkchen neben dem Bett bewahre ich immer eine Tüte von Bobs Lieblingsknabbereien auf. Manchmal, wenn ich noch müde bin, springt er zu mir aufs Bett zum Kuscheln und um die ersten Häppchen abzustauben. Aber meistens werfe ich eins nach dem anderen auf den Teppich, damit er ihnen nachjagen kann. Mal fängt er sie im Flug ab wie ein Kricket- oder Baseballspieler. Dabei springt er hoch in die Luft und angelt sich die kleinen Kügelchen mit der Pfote. Manchmal fängt er sie sogar direkt aus der Luft mit dem Maul auf. Es macht richtig Spaß, ihm dabei zuzusehen, und dieses Morgenritual ist der perfekte Wachmacher für uns beide.

Aber er kann sich auch allein beschäftigen. Wie an jenem heißen Sommermorgen, als er sich in einer schattigen Ecke im Schlafzimmer zusammengerollt hatte und schlief. Oder zumindest sah es so aus.

Doch urplötzlich schoss er hoch und sprang auf mein Bett. Er federte sich von der Matratze ab, als wäre sie ein Trampolin, prallte dann mit allen vier Pfoten an der Wand hoch über meinem Kopf ab und landete wieder auf dem Bett.

»Verdammt, Bob …?«, entfuhr es mir völlig überrumpelt. Aber dann bemerkte ich den kleinen Tausendfüßler, der auf meiner Bettdecke lag. Bob machte sich mit entschlossenem Blick bereit, ihn zwischen seinen Zähnen zu zermalmen.

»Oh nein, mein Lieber, das wirst du nicht tun!«, warnte ich. Schließlich wusste ich, dass Insekten für Katzen giftig sein konnten. »Du hast keine Ahnung, wo das kleine Ding herkommt.«

Er warf mir einen verächtlichen Blick zu: »Spielverderber!«

Bobs Schnelligkeit, Kraft und Beweglichkeit haben mich schon immer beeindruckt. Jemand hat mal gesagt, Bob müsse von einem Luchs oder einer anderen Wildkatze abstammen, aber leider weiß ich so gut wie gar nichts über Bobs Vergangenheit. Ich kenne weder sein genaues Alter noch weiß ich, wie er gelebt oder überlebt hat, bevor wir uns trafen. Nur ein DNA-Test könnte Auskunft über seine Herkunft geben. Aber wozu? Bob ist Bob, und mehr brauche ich nicht zu wissen.

Aber ich war nicht der Einzige, der dem unwiderstehlichen Charme von Bob verfallen war.

Im Frühjahr 2009 waren wir bereits über ein Jahr als Verkäufer der *Big Issue* unterwegs. Bob hatte sich an unserem Standort an der Angel Station in Islington einen kleinen, aber sehr treuen Stamm von Bewunderern aufgebaut.

Soviel ich wusste, war ich der einzige *Big-Issue*-Verkäufer mit Katze in ganz London. Aber auch wenn es ein zweites Paar gegeben hätte, die andere Katze hätte Bob mit Sicherheit nicht das Wasser reichen können – vor allem, wenn es darum ging, die Kunden magisch anzuziehen und zu begeistern.

In der ersten Zeit, als Bob und ich uns gerade kennengelernt hatten, war ich mit ihm noch als Straßenmusiker mit Gitarre in Covent Garden unterwegs. Damals saß er meist reglos da wie ein kleiner Buddha und beobachtete gelassen das geschäftige Treiben um ihn herum. Die Passanten fanden ihn entzückend. Sie blieben stehen, um ihn zu streicheln und mit ihm zu reden.

»Erzählen Sie mal!«, forderten mich viele auf. »Wie haben Sie sich gefunden?«

Wenn sie unsere Geschichte gehört hatten, gingen sie weiter und das war's.

Aber seit wir die *Big Issue* verkauften, haben wir ein paar Kunststücke entwickelt. Bob liebte es, zu spielen, weshalb ich immer ein paar Spielsachen für ihn dabeihatte. Die warf er dann herum und jagte ihnen hinterher. Sein Lieblingsspielzeug war eine kleine graue Maus, die früher mit Katzenminze gefüllt war.

Die Füllung war schon lange verloren gegangen. Die Nähte waren aufgeplatzt, und von dem grauen Mäuschen war inzwischen nur noch ein zerfledderter, dunkelgrauer Lappen übrig. Bob hatte eine Menge Spielzeug, aber mit seiner »Schmuddelmaus«, wie ich sie nannte, spielte er immer noch am liebsten.

Er trug sie im Maul herum und schüttelte sie kämpferisch. Manchmal wirbelte er sie am Schwanz herum, sodass sie weit wegflog, sobald er losließ. Dann hechtete er mit einem Satz hinterher und das Spiel ging wieder von vorne los. Bob war ein begeisterter Mäusejäger und scheinbar war das sein Training für den Ernstfall. Mit dieser »Nummer« zog er viel Aufmerksamkeit auf sich. Es gab eilige Passanten, die stehen blieben und ihm bis zu zehn Minuten lang wie hypnotisiert beim Spielen zusahen.

Wenn ich Zeit hatte, spielte ich mit. Anfangs übten wir Händeschütteln. Ich streckte ihm meine Hand entgegen und er mir seine Pfote, um sie festzuhalten. Es war nur eines von vielen Spielen, die wir immer zu Hause machten, aber unsere Zuschauer waren ganz aus dem Häuschen. Wenn ich für jedes »Oh, wie süß!« oder »Wow, das ist ja unglaublich!« – meistens von Frauen ausgesprochen – ein Pfund bekommen hätte, wäre ich schon ein reicher Mann.

Meine Spiele mit Bob waren viel mehr als nur ein Unterhaltungsfaktor für die vorüberziehenden Menschenmassen. Für mich war es ein schöner Zeitvertreib, der mich an kalten Tagen warm hielt und den eintönigen Arbeitsalltag lustiger machte. Natürlich verkaufte ich dadurch auch mehr Zeitungen – aber das war nur ein weiterer Segen, den Bob mit sich brachte.

Mit der Zeit bauten wir unser Kunststückchen weiter aus.

Bob war verrückt nach seinen Katzensnacks. Wenn ich ein Kügelchen hoch über seinen Kopf hielt, stellte er sich auf die Hinterbeine, um es mir aus der Hand zu angeln. Dabei legte er zuerst die Vorderpfoten um mein Handgelenk, um sich festzuhalten, ließ dann mit einer Pfote los und fischte es mir so aus der Hand.

Unsere Kunden waren begeistert. Also arbeiteten wir weiter an diesem Kunststück. Bobs Griff mit den Pfoten um mein Handgelenk war fest wie ein Schraubstock. Wenn ich meinen Arm langsam und vorsichtig hochhob, blieb er ein paar Zentimeter über dem Boden an meinem Handgelenk hängen. Ein paar Sekunden klammerte er sich immer an mir fest. Dann ließ er entweder los oder ich senkte ihn langsam wieder auf den Boden. Dabei achtete ich natürlich auf eine weiche Landung – möglichst auf meinem Rucksack.

Je besser unsere »Show« wurde, desto mehr Zuschauer blieben stehen und belohnten uns – und das nicht nur, indem sie die *Big Issue* kauften.

Seit Bob mit mir unterwegs war, haben wir viele nette Menschen kennengelernt, die uns mit Katzensnacks und Futter unterstützten. Im Winter bekamen wir sogar wärmende Kleidungsstücke für Bob geschenkt; vieles davon war handgestrickt oder liebevoll genäht. Bob hatte inzwischen so viele Schals in allen Farben und Mustern, dass ich kaum noch wusste, wohin damit. Manchmal war all die Liebe, Zuneigung und Unterstützung, die uns Fremde entgegenbrachten, wirklich überwältigend.

Wachsam blieb ich trotzdem, denn Neider würde es immer geben …

Kapitel 4
Eine schwierige Kundin

Es war Freitagabend, mitten im Feierabendgetümmel. Die Masse der Pendler, die an den Eingängen der Angel Station hinein- und hinausdrängten, wurde von Minute zu Minute dichter. Bob ließ das Gewühl um ihn herum völlig kalt. Er lag auf meinem Rucksack und starrte gedankenverloren vor sich hin. Nur an seiner Schwanzspitze, die sich wie in Zeitlupe hin und her bewegte, konnte man erkennen, dass er keine Statue war.

Plötzlich bemerkte ich eine Frau, die in unserer Nähe stehen geblieben war und Bob wie gebannt anstarrte.

So wie sie den Kopf schüttelte und missbilligend vor sich hinmurmelte, passte ihr offensichtlich etwas nicht in den Kram. Ich versuchte, sie nicht weiter zu beachten, denn es war viel wichtiger, meine letzten Zeitschriften noch vor dem Wochenende loszuwerden. Leider sah sie das anders.

»Junger Mann. Sehen Sie nicht, dass sich die Katze hier unwohl fühlt?«, sprach sie mich an und kam auf uns zu.

Sie sah aus wie eine Schuldirektorin: Sie war um die vierzig Jahre alt, sprach dieses nasale, überbetonte Englisch und trug ein altmodisches Tweedkostüm. Nur ihr Ton war um einiges schärfer als der eines jeden Lehrers, an den ich mich erinnern konnte.

»Ich beobachte Sie nun schon eine ganze Weile und sehe, dass Ihre Katze mit dem Schwanz schlägt«, erklärte sie mir streng. »Das bedeutet, dass sie gestresst und unglücklich ist. Das ist Ausbeutung. Man sollte Ihnen die Katze wegnehmen.«

Ich habe das schon so oft gehört, seit Bob und ich zusammen auf der Straße arbeiten. Ich versuchte, mich höflich zu verteidigen.

»Er schlägt nicht mit dem Schwanz, sondern bewegt ihn nur ganz leicht hin und her. Das bedeutet, dass er zufrieden ist. Wenn er nicht hier sein wollte, wäre er schon längst über alle Berge. Er ist eine Katze. Die entscheiden selbst, wem sie sich anschließen. Er kann jederzeit gehen, er ist nicht mein Gefangener.«

»Und warum ist er dann an der Leine?«, trumpfte sie mit selbstzufriedener Miene auf.

»Die trägt er nur zu seinem Schutz. Hier, und wenn wir in der Stadt unterwegs sind«, erklärte ich ihr. »Er ist schon einmal weggelaufen und war total verängstigt, weil er mich nicht wiederfinden konnte. Wenn er im Park sein Geschäft erledigt, läuft er immer ohne Leine. Noch mal: Wenn er unglücklich wäre, würde er abhauen, sobald ich ihm die Leine abnehme, oder?«

Aber sie ließ sich nicht überzeugen.

»Nein, nein, nein. Es ist allgemein bekannt, dass ein Schwanzwedeln bei Katzen ein Zeichen von Unmut ist«, regte sie sich weiter auf.

Bob hatte sich inzwischen in geduckter Haltung näher an mich herangetastet und machte sich bereit, auf meine Schulter zu flüchten, falls diese Auseinandersetzung ausarten sollte. Ich versuchte, der Frau ihre Befürchtungen zu nehmen, indem ich ihr von uns erzählte.

»Wir sind schon über zwei Jahre zusammen. Er wäre doch keine zwei Minuten bei mir geblieben, wenn ich ihn schlecht behandeln würde.«

Aber egal, was ich vorbrachte, sie schüttelte weiterhin entrüstet den Kopf und nörgelte störrisch weiter.

»Warum einigen wir uns nicht darauf, dass wir uns uneinig sind«, schlug ich letztendlich vor.

»Pfff«, schnaufte sie verächtlich und machte eine abfällige Handbewegung. »Mit Ihnen, junger Mann, werde ich mich auf gar nichts einigen.«

Aber sie ging endlich weiter und verschwand in der Menge rund um den U-Bahnhof. Ich war sehr erleichtert.

Ich konzentrierte mich wieder auf meine Kunden und freute mich über jedes freundliche Lächeln. Das tat gut nach diesem Zwischenfall. Als ich einer Frau gerade ihr Wechselgeld aushändigte, hörte ich hinter mir einen Aufschrei, den ich sofort erkannte.

»Miiiiiiiau«, kreischte Bob.

Ich fuhr herum. Die Frau im Tweedkostüm war wieder da und hatte sich Bob gekrallt. Sie hielt ihn sehr ungeschickt mit einer Hand unter dem Bauch und der anderen auf seinem Rücken. Es sah aus, als hätte sie noch nie ein Tier auf den Arm genommen. Genau so würde man ein Stück Fleisch anfassen, das man gerade beim Metzger gekauft hatte.

Bob war außer sich vor Wut und zappelte und wand sich wie eine Wildkatze.

»Was soll das?«, brüllte ich. »Lassen Sie ihn sofort runter oder ich rufe die Polizei!«

»Ich muss ihn in Sicherheit bringen«, kreischte sie, und ihre Augen funkelten wie die einer Verrückten.

Sie war drauf und dran, mit ihm abzuhauen! Ich wollte schon meine Zeitschriften auf den Boden werfen, um ihr durch die Straßen von Islington nachzujagen.

Aber glücklicherweise war Bobs lange Leine noch immer an

meinem Rucksack befestigt. Einen Moment verharrte die Frau in einer Art Schockstarre. Dann bewegte sich ihre Hand der Leine entlang zu meinem Rucksack.

»Wagen Sie das ja nicht!«, drohte ich und machte einen Schritt auf sie zu, um sie davon abzuhalten.

Damit hatte sie nicht gerechnet. Bob nutzte ihren Schreckmoment sofort. Mit einem empörten »Miiiiauuuuuuu« befreite er sich blitzschnell aus ihren Fängen. Er kratzte sie zwar nicht, verpasste ihr aber mit der Pfote einen solchen Hieb auf den Arm, dass sie ihn erschreckt losließ.

Er landete etwas unsanft auf dem Boden und blieb knurrend und fauchend vor ihr stehen. So böse hatte ich mein Rotpelzchen noch nie erlebt.

Und die Möchtegern-Entführerin besaß auch noch die Frechheit, mir die Schuld für sein Benehmen zu geben.

»Da! Sehen Sie? Er ist wütend«, wandte sie sich an die gaffende Menge, die sich inzwischen um uns gebildet hatte.

»Er ist böse, weil Sie ihn ohne seine Erlaubnis hochgehoben haben«, schnaubte ich fassungslos. »Nur ich darf ihn hochheben!«

»Nein, er ist aggressiv, weil Sie ihn schlecht behandeln«, beharrte sie weiterhin auf ihrem Standpunkt. »Das sieht doch jeder. Deshalb gehört er Ihnen weggenommen. Er will nicht bei Ihnen sein.«

Die Menge um uns herum hielt den Atem an und wartete auf meine Reaktion. Aber es war Bob, der die verfahrene Situation rettete.

Er bedachte die Frau mit einem letzten, sehr abfälligen Blick und stolzierte dann hoheitsvoll zu mir herüber. Er rieb den Kopf an meinem Bein und schnurrte laut, als ich mich zu ihm hinunterbückte, um ihn zu streicheln.

Dann setzte er sich vor mich hin und sah auffordernd zu mir hoch.

»Können wir jetzt vielleicht ein bisschen spielen?«, schien er zu fragen.

Ich holte ein Leckerchen aus meiner Manteltasche. Bob stellte sich sofort auf die Hinterbeine und hielt sich an meinem Handgelenk fest. Ich ließ die Belohnung in sein Maul fallen und erntete damit ein paar hörbare »Aaahs« von unseren Zuschauern.

Bob hatte das Publikum auf unsere Seite gezogen. Er hatte ihnen klargemacht: »Ich gehöre zu James, und ich bin glücklich bei ihm. Wer etwas anderes behauptet, hat unrecht. Punkt.«

Die meisten Zuschauer hatten ihn verstanden und wandten sich gegen die Frau im Tweedkostüm.

»Wir kennen diesen Zeitungsverkäufer, der ist in Ordnung«, meldete sich ein junger Mann im Anzug zu Wort.

»Ja, lassen Sie die beiden in Ruhe. Sie stören hier niemanden, und er geht sehr liebevoll mit seiner Katze um«, fügte eine ältere Frau hinzu.

Ein paar weitere Umstehende nickten zustimmend. Niemand ergriff Partei für die Unruhestifterin. Sie schimpfte und motzte zwar weiter, musste aber einsehen, dass sie diesen Kampf verloren hatte. Sie verschwand zum zweiten Mal in der Menge, diesmal für immer.

»Alles okay, James?«, fragte mich einer aus der Menschentraube, die sich um uns gebildet hatte. Ich kniete vor Bob hin, um nachzusehen, ob er sich bei seinem Fall auch nicht verletzt hatte. Er schnurrte laut und atmete völlig normal.

»Mir geht es gut«, murmelte ich, obwohl das nicht ganz stimmte.

Ich hasste es, wenn mir Unbekannte vorwarfen, Bob auszubeuten. Es verletzte mich tief, denn Bob war wirklich freiwillig bei mir.

Das hatte er mir oft genug bewiesen. Momentan bedeutete es eben, dass Bob mit mir auf der Straße unterwegs war, wenn er nicht alleine zu Hause auf mich warten wollte. Das war nun mal mein Leben, und es gab keine Alternative.

Damit waren wir täglich dem Urteil von Fremden ausgeliefert. Glücklicherweise waren uns die meisten Menschen wohlgesonnen, aber ich musste mich damit abfinden, dass es immer ein paar Leute geben würde, die unser Leben vorschnell verurteilten.

Kapitel 5
Das Bob-Mobil

An einem milden Frühsommernachmittag konnte ich tatsächlich mal früher Schluss machen. Die warmen Sonnenstrahlen hatten die Herzen unserer Mitmenschen aufgetaut, und mein Stapel Zeitschriften war innerhalb weniger Stunden verkauft.

Ich wollte nur noch meinen Vorrat für den Rest der Woche aufstocken, bevor ich mich mit dem Bus auf den Heimweg machte. Mit Bob auf der Schulter schaute ich deshalb noch bei Rita vorbei, der Vertriebsleiterin der *Big Issue*, die ihren Stand auf der Nordseite der Islington High Street hatte.

Schon von Weitem sah ich, dass sie zusammen mit einer Gruppe von Verkäufern in roten Warnwesten etwas begutachtete. Es war ein Fahrrad.

»Hey, Rita, was ist los? Willst du etwa bei der Tour de France mitradeln?«, zog ich sie auf.

»Nicht wirklich, James«, sagte sie und grinste. »Jemand hat es mir für zehn Zeitschriften überlassen. Dabei weiß ich gar nicht, was ich damit anfangen soll.«

Das Rad hatte schon bessere Tage gesehen. Der Lenker war rostig, und das Vorderlicht hatte einen Sprung. Der Lack am Rahmen splitterte an mehreren Stellen ab, und als wäre das noch nicht genug, war vom Schutzblech über dem Hinterrad nur noch die Hälfte übrig.

»Ist es noch straßentauglich?«, fragte ich Rita.

»Ich glaube schon«, antwortete sie nickend. »Nur die Vorderbremse sollte mal nachgezogen werden.«

Nachdenklich starrte ich das Fahrrad an. Ich war zwar kein Radrennprofi, aber als Kind und später auch noch in London war ich immer gern Fahrrad gefahren. Außerdem wusste ich, wie man sie reparierte.

»Warum probierst du es nicht mal aus?«, ermunterte mich Rita, die scheinbar meine Gedanken lesen konnte.

»Gute Idee! Kannst du mal kurz auf Bob aufpassen?«

Ich holte Bob von meiner Schulter und übergab ihr seine Leine. Dann drehte ich das Fahrrad um, damit ich es genauer ansehen konnte. Die Reifen hatten genug Luft, und die Kette war gut geölt und lief leicht über die Zahnräder. Nur der Sitz war etwas zu niedrig für mich. Ich schraubte ihn höher und stieg auf.

Bob hatte sich neben Rita in die Sonne gelegt, ließ mich dabei aber nicht aus den Augen. Jetzt neigte er den Kopf zur Seite, als wollte er sagen: »Was ist das denn für ein seltsames Ding und warum setzt du dich dadrauf?«

»Lass mich nur machen, Bob«, rief ich ihm zu und fuhr los.

Die Gänge ließen sich nur schwer schalten und wie Rita mich bereits vorgewarnt hatte, funktionierten die Vorderbremsen nicht besonders gut. Wahrscheinlich waren die Bremszüge ausgeleiert. Das konnte ich reparieren. Die Hinterradbremse dagegen funktionierte tadellos. Was wollte ich mehr?

»Ich gebe dir einen Zehner dafür, Rita«, bot ich an, als ich das Fahrrad zurückbrachte.

»Abgemacht«, sagte sie überrascht und fügte hinzu: »Das wirst du auch brauchen.« Dabei fischte sie einen ziemlich zerbeulten schwarzen Fahrradhelm unter ihrer Karre hervor.

Das Fahrrad war meine erste sinnvolle Investition seit Langem. Es würde mir in Tottenham für kurze Strecken zum Arzt oder Einkaufen gute Dienste leisten. Die zehn Pfund würde ich durch eingesparte Busfahrkarten schnell wieder herausholen. Aber den weiten Weg zur Arbeit würde ich auch weiterhin mit dem Bus oder der U-Bahn zurücklegen. Diese Strecke war zum Radfahren viel zu tückisch und hatte richtige Brennpunkte, an denen immer wieder Radfahrer verunglückten.

Bei diesem Gedanken wurde meine Begeisterung etwas ausgebremst. Wie sollte ich damit nach Hause kommen? Im Bus und in der U-Bahn sind Fahrräder verboten.

Es gab nur eine Lösung. »Okay, Bob, sieht so aus, als würden wir beide heute nach Hause radeln«, teilte ich ihm mit.

Mein getigerter Freund beobachtete kritisch, wie ich mir den Helm aufsetzte, den Rucksack schulterte und das Fahrrad auf ihn zuschob.

»Na komm schon, mein Junge, aufsteigen!«, lockte ich und bückte mich, um ihn auf meine Schulter zu heben.

»Viel Glück«, rief uns Rita nach.

»Danke, das können wir brauchen«, sagte ich grinsend.

Zuerst schob ich das Rad auf dem Gehweg Richtung Islington Memorial Green. Wir kamen an zwei Polizisten vorbei, die uns zwar verblüfft musterten, aber sie hielten uns nicht auf. Schließlich gab es kein Gesetz gegen das Radfahren mit Katze auf der Schulter. Die Passanten reagierten unterschiedlich. Von Staunen bis Erheiterung war alles dabei. Einige Leute blieben sogar stehen und zeigten mit dem Finger auf uns, als wären wir Marsmännchen. In Islington Green liefen wir an der Waterstones Buchhandlung vorbei, um die Essex Road zu erreichen, die in den Norden von London führt.

»Und los geht's, Bob«, rief ich und stürzte mich in den starken Verkehr auf dieser Hauptstraße.

Ich manövrierte uns an Bussen, Transportern, Autos und Lastwagen vorbei. Wir hatten den Bogen schnell raus. Während ich versuchte, keinen Unfall zu verursachen, hatte Bob schnell die perfekte Sitzposition gefunden, um mich zu unterstützen. Er hatte sich um meinen Nacken gelegt und reckte den Kopf in den Fahrtwind. Er wollte die Fahrt ganz offensichtlich genießen. Um diese Zeit am Nachmittag war Schulschluss, und viele Kinder waren gerade auf dem Heimweg. Die ganze Essex Street entlang blieben Grüppchen in Schuluniformen stehen und winkten uns zu. Ich versuchte nur einmal zurückzuwinken, kam dabei aber ins Schlingern und Bob rutschte mir fast von der Schulter.

»Hoppla, Bob! Tut mir leid! Aber keine Sorge, das mache ich nicht noch mal!«, versprach ich ihm.

Wir kamen voran, wenn auch manchmal sehr langsam. Wenn wir im Verkehrschaos stehen bleiben mussten, riefen uns die Leute aus den umstehenden Autos zu, ob sie uns fotografieren dürften. Zwei Mädchen hüpften sogar aus dem Auto der Eltern, nur um Fotos mit uns zu machen.

»Ihr seid so süß zusammen!«, rief die eine aus und lehnte sich bei ihrer Pose für das Foto so ungestüm an mich, dass sie mich fast umwarf.

Ich war schon seit Jahren nicht mehr Rad gefahren, und meine Kondition ließ eindeutig zu wünschen übrig. Daher gönnte ich mir die eine oder andere Pause am Straßenrand. Wir waren jedes Mal schnell umringt von Schaulustigen. Die meisten fanden uns cool, aber ein paar unwirsche Kopfschüttler waren natürlich auch dabei.

»So ein Idiot«, murrte ein Anzugträger im Vorbeigehen.

Aber ich fühlte mich alles andere als idiotisch. Ganz im Gegenteil: Das Radfahren machte richtig Spaß. Und Bob war auch ganz angetan von dem neuen Spiel. Er streckte den Kopf neben meinem nach vorne und schnurrte mir zufrieden ins Ohr.

Ich hatte mich schon die ganze Zeit auf den Abschnitt unserer Fahrt Richtung Seven Sisters gefreut. Dort ging es fast einen Kilometer lang nur bergab, und ich konnte mich etwas ausruhen, während uns das Rad ganz von selbst vorwärtstrug.

Zu meiner großen Freude fand ich dort einen völlig verwaisten Fahrradweg vor. Bob und ich flogen geradezu den Hügel hinunter. Der warme Sommerwind zerzauste uns Fell und Haar, während wir mit fast dreißig Stundenkilometern dahinbrausten.

»Juhuuuuu, das macht Spaß, was, Bob?!«, jubelte ich übermütig. Auf der Straße neben dem Fahrradweg ging dagegen nichts mehr. Die Autofahrer ließen die Seitenfenster herunter, um etwas frische Luft zu schnappen. So manchen Gesichtsausdruck hätte ich gern fotografiert, als wir an ihnen vorbeizischten.

Ein paar Kinder steckten den Kopf durch die Schiebedächer und kreischten vor Vergnügen. Anderen Autofahrern blieb der Mund offen stehen vor Staunen. Kein Wunder, schließlich sieht man nicht alle Tage eine rote Katze, die auf dem Fahrrad einen Hügel hinunterheizt.

Wir brauchten insgesamt nur eine halbe Stunde nach Hause. Ganz beachtlich, wenn man die vielen Pausen bedenkt, die wir einlegen mussten.

Bei unserem Wohnblock angekommen, sprang Bob so selbstverständlich von meiner Schulter, als würde er aus dem Bus aussteigen. Er hatte auch dieses Abenteuer mit Bravour gemeistert, aber für ihn war es scheinbar nichts Besonderes. Nur ein weiterer ganz normaler Tag mit James in London.

Den restlichen Nachmittag und den ganzen Abend schraubte ich zu Hause am Fahrrad herum. Die Vorderbremse war schnell repariert, und danach wurde alles andere generalüberholt.

»Na, was sagst du?«, fragte ich Bob und trat zurück, um mit ihm zusammen mein Werk zu bewundern. »Unser neues Bob-Mobil!«

Ich könnte schwören, dass ich in dem Blick, den er mir zuwarf, Zustimmung las.

Kapitel 6
Körpersprache

Ich werde oft gefragt, wie Bob und ich uns ohne Worte so gut verständigen können.

»Das ist einfach«, antworte ich dann immer. »Er hat seine eigene Sprache, und ich habe gelernt, sie zu verstehen.«

Das klingt vielleicht verrückt, aber es ist wahr.

Bob verständigt sich hauptsächlich durch Körpersprache.

Wenn er beispielsweise zur Toilette muss, während wir irgendwo in London unterwegs sind, dann brummt und knurrt er leise. Und er fängt an, auf meiner Schulter herumzuzappeln. Ich brauche ihn nicht einmal anzusehen, um zu wissen, was er vorhat. Er sieht sich nach einer geeigneten Stelle mit weicher Erde um, wo er sein Geschäft erledigen kann.

Wenn er an der Leine neben mir herläuft und müde wird, stößt er ein sanftes Murren aus, das wie ein Klagelaut klingt, und weigert sich dann, weiterzugehen. Dabei sieht er mich an, als wollte er sagen: »Komm schon, Kumpel, heb mich hoch, ich kann nicht mehr.«

Wenn er sich erschreckt, ist meine Schulter sein Zufluchtsort. Er zieht sich dann zwischen meine Beine zurück, damit ich ihn hochheben kann. Das kommt aber höchst selten vor, denn Bob ist kein ängstlicher Kater.

Durch unsere tägliche Arbeit in der Innenstadt lässt er sich auch von den schrillen Sirenen eines Krankenwagens oder Polizeiautos nicht aus der Ruhe bringen. Nur die Luftdruckbremsen von großen Bussen oder Lastwagen machen ihm zu schaffen. Immer wenn er dieses laute, zischende Geräusch hört, zuckt er zusammen und sieht sich ängstlich um. Auch die Knallerei und Explosionen eines Feuerwerks machen ihn nervös. Aber aus sicherer Entfernung, wie vom Fenster unserer Wohnung aus, beobachtet er gern die hellen, bunt auseinandersprühenden Funken am Himmel.

Sein Schwanz ist ein weiteres wichtiges Ausdrucksmittel. Nur wenn er döst oder schläft, steht dieses »Gefühlsbarometer« ganz still. Ansonsten ist es immer irgendwie aktiv. Meistens ist es nur ein federleichtes Hin- und Herschwingen der Schwanzspitze, wie bei einem Scheibenwischer auf niedrigster Stufe. Es signalisiert Zufriedenheit. In den vielen Stunden, die ich mit ihm auf den Straßen Londons herumsitze, habe ich gelernt, dass es auch für Neugierde oder Aufmerksamkeit stehen kann. Die Frau, die versucht hatte, ihn zu entführen, war nicht die Erste, die diese Schwanzbewegung falsch gedeutet hatte. Natürlich kann Bob auch mal böse werden, aber dann schlägt sein Schwanz so schnell und heftig aus, dass man ihn als Fliegenklatsche verwenden könnte.

Bob hat natürlich auch eine zärtliche Seite. Wenn er sich um mich sorgt, kommt er mit dem Gesicht ganz nah an meines. Wenn ich krank bin, drückt er sich eng an mich und hört meine Brust ab. Bob hat viele dieser kleinen Liebesbeweise auf Lager. Er reibt sich gern an meinen Beinen und schnurrt dabei hingebungsvoll. Oder er drückt den Kopf in meine Hand und neigt ihn dabei zur Seite, damit ich ihn hinterm Ohr kraulen kann. Tierverhaltensforscher und Zoologen haben ein Recht auf ihre Meinung, aber für mich ist das Bobs ganz persönliche Art, mir seine Liebe zu zeigen.

Die wichtigsten Ausdrücke, die ich verstehen muss, betreffen natürlich Bobs Futter. Wenn er will, dass ich in die Küche komme, um ihn zu füttern, läuft er dort herum und schlägt mit einer Pfote gegen die Türen der Küchenschränke. Er ist so schlau, dass er die Kindersicherungen, die ich an den Vorratsschränken angebracht habe, jederzeit knacken könnte. Deshalb muss ich auch immer nachsehen, ob sie noch zu sind, wenn er randaliert. Sobald ich in die Küche komme, sitzt er jedoch mit gekonnt unschuldigem Blick an einer bestimmten Stelle neben der Heizung.

Einige Zeit fand er es gar nicht lustig, wenn ich mich in ein Spiel auf meiner gebrauchten Xbox vertiefte. Er versuchte dann mit allen Mitteln, mich abzulenken.

Dabei war er selbst ein großer Fan von manchen Videospielen. Besonders Autorennen hatten es ihm angetan. Ich könnte schwören, dass sich sein Körper mit in die Kurve legt, wenn wir eine besonders gefährliche Haarnadelkurve zusammen in Angriff nehmen. Nur bei Actionspielen mit viel Herumballern ist bei ihm Schluss. Wenn ich damit anfange, verzieht er sich auf die andere Seite des Wohnzimmers. Wenn das Spiel – oder ich – zu laut werden, hebt er den Kopf und starrt mich derart missbilligend an, dass man es nicht missverstehen kann: »Hallo! Mach leiser, ich versuche hier zu schlafen.«

Manchmal vergesse ich tatsächlich alles um mich herum bei einem Videospiel. Das passt Bob gar nicht, besonders wenn er hungrig wird. Dann ergreift er drastischere Maßnahmen.

Eines Abends spielten Belle und ich gerade gegeneinander, als Bob sich bemerkbar machte. Ich hatte ihn bereits vor zwei Stunden gefüttert, aber er war der Meinung, es wäre Zeit für einen Snack. Er zog alle Register, mit denen er sich sonst immer sofort in den Mittelpunkt schummelte: eine Tonleiter aus Klagelauten, theatralisches Hinwerfen vor meine Füße und ausgiebiges Umschmeicheln meiner Beine. Aber Belle und ich waren so darauf konzentriert, das nächste Level unseres Spiels zu erreichen, dass wir auf nichts davon reagierten.

Beleidigt trollte er sich, aber nur, um die Mehrfachsteckdose zu umkreisen, in der Fernseher und Xbox eingesteckt waren. Dann schlich er auf die Spielkonsole zu und presste den Kopf gegen den großen Schaltknopf in der Mitte.

»Bob! Was tust du da?«, fragte ich ganz automatisch mit drohendem Unterton, war aber viel zu vertieft in das Spiel, um seinen Plan zu durchschauen.

Bis plötzlich der Bildschirm schwarz war und die Xbox aus. Bob hatte den Knopf tatsächlich so fest gedrückt, dass er die Konsole ausgeschaltet hatte. Wir waren kurz davor gewesen, ein besonders schwieriges Level zu erreichen. Das konnten wir nun vergessen und hätten allen Grund gehabt, ihm böse zu sein. Aber wir waren so verdutzt, dass wir ihn nur fassungslos anstarrten.

»Hat er das gerade wirklich getan?«, flüsterte Belle ungläubig.

Bob musterte uns triumphierend. Sein Blick sagte alles: »So, jetzt könnt ihr mich nicht weiter ignorieren!«

Aber Bob und ich verlassen uns nicht nur auf bekannte Signale und Körpersprache. Manchmal gibt es tatsächlich so etwas wie Gedankenübertragung zwischen uns. Wir haben auch gelernt, uns gegenseitig vor Gefahren zu warnen.

Ein paar Tage, nachdem ich das Fahrrad erstanden hatte, radelten wir zu einem nahe gelegenen Park. Bob war inzwischen ein begeisterter Radfahrer. Beherzt warf er sich auf meiner Schulter wie ein Beifahrer auf einem Motorrad in jede Kurve.

Im Park wollte Bob dann ohne Leine auf Erkundungstour gehen. Den Gefallen tat ich ihm gerne, sobald ich mich vergewissert hatte, dass es für ihn sicher war. Er liebte es, im Unterholz herumzuschnüffeln und in Ruhe sein Geschäft zu erledigen. Ich hatte mich auf eine Bank in die Sonne gesetzt und las ein Comicheft. Plötzlich hörte ich in einiger Entfernung einen Hund bellen.

Oje, dachte ich.

Ein großer, bedrohlich wirkender Schäferhund stürmte auf den Parkeingang zu und war nur noch wenige Meter von uns entfernt. Er war nicht angeleint und so wild, wie er vorwärtsstürmte, ganz offensichtlich im Jagdfieber.

»Bob!«, brüllte ich in Richtung der Büsche. »Bob, komm sofort her!«

Bob erkannte den Ernst der Lage sofort an meiner Stimme und tauchte aus dem Unterholz auf. Er hatte zwar keine Angst vor Hunden, aber er wählte seine Kämpfe mit Bedacht. Auf diesen wollte er es wohlweislich nicht ankommen lassen.

Sein leuchtendrotes Fell war leider keine Tarnfarbe. Der Hund hatte ihn sofort entdeckt und raste wild bellend auf uns zu. Es sah aus, als würde Bob es nicht mehr rechtzeitig zu mir schaffen, also schnappte ich mir das Fahrrad, um es gegen den Hund in Stellung zu bringen, falls nötig. Bob wäre in ernsten Schwierigkeiten, wenn ihn der Schäferhund zu fassen bekäme.

Aber wieder einmal unterschätzte ich meinen kleinen Begleiter. Wie der Blitz sprintete er über die Wiese und mir blieb gerade noch Zeit, in die Knie zu gehen. Dann sprang ich aufs Fahrrad und raste – mit Bob auf meiner Schulter – wild strampelnd aus dem Park. Der frustrierte Hund verfolgte uns mit wütendem Gebell bis auf die Straße. Von seinem sicheren Standort aus fauchte Bob wütend zurück. Zwar konnte ich sein Gesicht nicht sehen, aber es hätte mich kein bisschen gewundert, wenn er ihn verspottet hätte: »Hey, dummer Hund, was willst du noch?«

»Das war verdammt knapp, Bob«, keuchte ich atemlos. »Wie gut, dass wir das Bob-Mobil haben.«

Kapitel 7
Ein seltsames Paar

Es war gerade erst kurz nach neun Uhr morgens, als es an der Tür klingelte. Bob und ich machten uns gerade für die Arbeit fertig.

»Wer kann das bloß sein?«, fragte ich und schob automatisch die Gardine zur Seite, obwohl ich aus dem fünften Stock den Eingang gar nicht sehen konnte.

»James, hier ist Titch. Kann ich kurz mit Prinzessin hochkommen?«, hörte ich eine bekannte Stimme über die Gegensprechanlage.

Titch war ein kleiner, drahtiger Kerl mit dünnem Haar. Er war, genau wie ich, ein ehemaliger Junkie und *Big-Issue*-Verkäufer. Momentan hatte er ziemliche Probleme bei der Arbeit. Sie hatten ihm für sechs Monate die Verkaufslizenz entzogen, weil er zu oft gefehlt hatte. Ich wusste, dass er gerade kaum über die Runden kam.

Das Leben hatte mir eine zweite Chance gegeben, seit Bob bei mir war, also half ich jetzt Titch, wieder auf die Beine zu kommen. Außerdem mochte ich ihn. Unter der harten Schale war ein weicher Kern.

Es gab noch einen Grund, warum wir uns gut verstanden. Wir arbeiteten beide mit unserem Haustier auf der Straße. Bei Titch war das sein gutmütiger schwarzer Labrador-Staffordshire-Bullterrier-Mix Prinzessin.

Bob und Prinzessin waren sich bisher noch nie begegnet. Grund genug, dass ich mich auf ein empörtes Katzentheater gefasst machte, sobald der Hund unsere Wohnung betrat.

Als Bob Prinzessin sah, machte er einen bedrohlichen Katzenbuckel und fauchte. Angeblich krümmen Katzen ihren Rücken und plustern ihr Fell auf, um im Kampf größer zu wirken.

Als Prinzessin Bob in dieser Angriffshaltung erblickte, blieb sie regungslos stehen.

»Keine Sorge, Prinzessin«, beruhigte ich sie. »Bob wird dir nichts tun.«

Dann führte ich sie in mein Schlafzimmer und schloss zu ihrer eigenen Sicherheit die Tür ab.

»Hör mal, James, Kumpel. Könnte meine Prinzessin heute vielleicht bei dir bleiben?«, kam Titch ohne Umschweife zur Sache. »Ich habe etwas Wichtiges zu erledigen.«

»Hm, sollte kein Problem sein, nicht wahr, Bob?«

Sein Blick war rätselhaft.

»Wir müssen natürlich zur Arbeit an der Angel Station. Ich kann sie doch mitnehmen, oder?«

»Aber sicher«, stimmte Titch zu. »Wäre es dir recht, wenn ich sie heute Abend gegen sechs dort abhole?«

Damit war alles geklärt.

»Sei ein braves Mädchen, Prinzessin«, ermahnte Titch seinen Hund und verabschiedete sich.

Bob waren Hunde egal, solange sie ihn nicht angriffen. Deshalb machte ich mir da keine Sorgen. Als ich noch in Covent Garden Gitarre spielte, durfte ich einmal miterleben, wie Bob einen aufdringlichen Hund mit einem lässigen Pfotenhieb in die Schranken wies.

Er verteidigte sein Revier nicht nur Hunden gegenüber, sondern auch gegen andere Katzen. Manchmal frage ich mich, ob er überhaupt weiß, dass er eine Katze ist. Er sah auf sie herab, als wären sie unter seiner Würde und hätten nicht das Recht, die gleiche Luft zu atmen wie er. Wenn das Geld mal wieder knapp war, gingen wir einen Teil der Strecke bis zur Angel Station zu Fuß. Dabei kamen wir immer an einem Haus vorbei, in dem ganz offensichtlich mehrere Katzen wohnten. Bob führte sich dort jedes Mal auf wie ein Verrückter.

Egal, wo uns eine Katze über den Weg lief, Bob machte immer sofort klar, dass dies sein Revier war. Einmal, in Islington Green, zog er so vehement an seiner Leine, um eine herumstreunende Katze zu bedrängen, dass ich das Gefühl hatte, einen aggressiven Hund zurückzuhalten. Er musste immer und überall das Alpha-Tier hervorkehren. Und leider blieb das auch Prinzessin nicht erspart.

Ich hatte schon die Befürchtung, dass unser Tag mit ihr etwas umständlicher werden würde. Hunde sind so viel anspruchsvoller als Katzen. So ein großes Tier kann man sich nicht einfach auf die Schulter setzen, wenn man schneller vorankommen will. Ein sehr zeitaufwendiger Nachteil, wie ich schnell feststellte.

Auf dem Weg zum Bus zog Prinzessin entweder ungestüm an der Leine oder sie blieb dauernd stehen, um an irgendwelchen Grasbüscheln zu schnüffeln, und machte auf einer Strecke von zweihundert Metern mindestens drei Pinkelpausen.

»Jetzt komm schon, Prinzessin. So kommen wir nie ans Ziel«, schnaubte ich genervt und bereute diesen Freundschaftsdienst bereits zutiefst.

Im Bus setzte sich Bob wie üblich an den Fensterplatz neben mir, behielt aber Prinzessin im Auge, die zwischen meinen Füßen auf dem Boden lag. Die Blicke, mit denen er die arme Hündin bombardierte, wenn sie ihm versehentlich zu nahe kam, waren zum Schreien. Unter dem Sitz war wirklich nicht viel Platz, und von Zeit zu Zeit musste sie sich einfach bewegen, um ihre Lage zu verbessern. Jedes Mal bedachte Bob sie mit einem »Sitz-still-du-dummer-Hund«-Blick.

Das Wetter war grauenhaft. Es schüttete in Strömen. Trotzdem machten wir einen Abstecher in den kleinen Park in Islington, damit Bob sein Geschäft erledigen konnte. Auch Prinzessin ließ ich von der Leine. Wieder ein Fehler. Es dauerte eine Ewigkeit, bis sie das richtige Plätzchen fand. Außerdem hatte ich vergessen, eine Plastiktüte mitzubringen. Ich fischte also im Mülleimer herum, um etwas zu finden, womit ich ihr Häufchen aufsammeln konnte. Mein Job als Hundesitter machte mir immer weniger Spaß.

Weil der Regen nicht nachließ, stellte ich mich unter die ausgefahrene Markise eines Cafés.

»Ich hätte gern eine Tasse Tee, bitte«, bestellte ich bei der Kellnerin. »Und könnte ich auch eine Schale Milch für meinen Kater und eine Schüssel Wasser für den Hund haben?«

Die Kellnerin lächelte, als würde sie jeden Tag Katzen und Hunde bedienen.

»Aber klar doch«, sagte sie freundlich.

Ich band die Leinen der beiden am Tischbein fest und ging zur Toilette.

Als ich zurückkam, hatten sie sich umgesetzt. Vorher saß Bob auf einem Stuhl und Prinzessin lag unter dem Tisch. Nun saß Bob auf dem Tisch und schlabberte genüsslich seine Milch, während Prinzessin unter dem Tisch missmutig ihre Wasserschüssel ignorierte. Bob hatte sich mal wieder als Boss durchgesetzt.

Trotz des schlechten Wetters erregte Bob die Aufmerksamkeit einiger Passanten.

»Hallo«, flöteten zwei Frauen, blieben stehen und streichelten ihn.

Niemand nahm Notiz von der armen Hündin. Ich wusste genau, wie sie sich fühlte. Schließlich stehe ich selbst oft genug im Schatten meines rotpelzigen Begleiters.

Bei der Arbeit war Prinzessin allerdings ein echter Zugewinn. Sie lag scheinbar teilnahmslos da, aber ihre Augen wanderten umher wie flinke, kleine Überwachungskameras, die jeden, der sich uns näherte, genau unter die Lupe nahmen. War sie zufrieden mit dem Ergebnis, blieb sie reglos liegen, aber wehe, jemand erregte ihr Misstrauen. Dann setzte sie sich abrupt auf und warnte uns mit einem kurzen Knurren oder einem drohenden »Wuff«. Mehr war auch nie nötig.

Besonders wachsam war Prinzessin, wenn sich jemand zu Bob hinunterbeugte. Sie passte auf, dass er mit dem nötigen Respekt behandelt wurde. Sie war mir eine große Hilfe.

Es war manchmal ganz schön anstrengend, Bob im Auge zu behalten und gleichzeitig Zeitungen zu verkaufen. Der Zwischenfall mit der Verrückten hatte mich sehr wachsam gemacht.

»Danke, Prinzessin«, lobte ich sie immer wieder und belohnte sie mit Hundekuchen aus meinem Rucksack.

Sogar Bob warf ihr des Öfteren einen anerkennenden Blick zu. *Die ist ja doch ganz brauchbar*, dachte er wohl.

Das Wetter wurde an diesem Tag leider nicht mehr besser, und gegen sechs Uhr abends fing ich an, nach Titch Ausschau zu halten. Aber er kam nicht.

»Hast du Titch gesehen?«, fragte ich eine der *Big-Issue*-Vertriebsleiterinnen.

»Schon seit Wochen nicht mehr«, antwortete sie und schüttelte den Kopf.

Um halb sieben wusste ich, dass er nicht mehr kommen würde.

»Los, ihr beiden, wir gehen nach Hause. Titch kann dich dort abholen, Prinzessin«, entschied ich und packte mein Zeug zusammen.

Mir war etwas mulmig zumute. Wenn Titch uns versetzte, wie würde Bob wohl auf Prinzessin als Übernachtungsgast reagieren? Ich sah das Szenario schon vor mir: ein bellender Hund, Beschwerden der Nachbarn und eine schlaflose Nacht für mich.

Auf dem Heimweg kaufte ich Futter und Hundekekse für Prinzessin. Beim gemeinsamen Abendessen in der Küche machte Bob erneut die Rangordnung klar. Als Prinzessin an die Wasserschüssel wollte, die ich ihr hingestellt hatte, fauchte und knurrte er so laut, dass die Hündin erschrocken zurückwich. Erst als er seine Milch aufgeschlabbert hatte, durfte Prinzessin an ihr Wasser.

Danach arrangierten sich die beiden allerdings schneller als gedacht. Bob erlaubte Prinzessin sogar, die Reste aus seinem Futternapf zu schlecken.

Das war's dann wohl, dachte ich erleichtert. Aber es kam noch besser.

Um zehn Uhr abends war ich bereits vor dem Fernseher eingeschlafen. Als ich mich aufrappelte, um ins Bett zu gehen, bot sich mir ein Anblick, den ich am liebsten fotografiert hätte – aber ich hatte ja keine Kamera.

Bob und Prinzessin lagen beide langgestreckt auf dem Teppich und schliefen. Der große Hundekopf lag nur Zentimeter entfernt von Bobs Nase. Es sah aus, als wären die beiden schon ein Leben lang befreundet.

»Schlaft gut, ihr beiden«, flüsterte ich und grinste in mich hinein.

Ich schloss die Eingangstür ab, machte das Licht aus und ging zu Bett.

Am nächsten Morgen wurde ich von aufgeregtem Bellen geweckt. Ich brauchte einen Moment, um mich daran zu erinnern, dass ich einen Besuchshund hatte.

»Was ist los, Prinzessin?«, fragte ich schlaftrunken.

Da klingelte es auch schon, und Titch stand vor der Tür. Seinem zerknautschten Gesicht nach zu urteilen, hatte er auf der Straße übernachtet.

»Es tut mir so leid, dass ich dich gestern Abend hängen gelassen habe«, entschuldigte er sich.

Ich hatte selbst solche Nächte erlebt, mehr als mir lieb waren.

»Kein Problem.«

Titch sah aus, als könnte er etwas Warmes zu essen vertragen.

»Toast und Tee?«, fragte ich ihn.

Bob lag an der Heizung, und Prinzessin hatte sich neben ihm zusammengerollt. Titch staunte nicht schlecht, als er die Idylle sah.

»Schau sie nur an«, lächelte ich, »sie verstehen sich blendend.«

»Ja, ich seh's – kaum zu glauben«, nuschelte Titch mit vollem Mund. »Also, heißt das, du würdest sie wieder nehmen, wenn nötig?«

»Ja, warum nicht?«, sagte ich.

Kapitel 8
Der Müllinspektor

Jeder Mensch hat seine Vorlieben und Laster. Für Bob waren es Verpackungen.

Luftpolsterfolie erfreut sich allgemein sehr großer Beliebtheit, denn wer lässt nicht gern die kleinen Bläschen platzen. Auch Bob dreht völlig durch vor Begeisterung, wenn er damit spielen darf. Dabei lasse ich ihn jedoch nicht aus den Augen. Bei jeder Luftblase, die er zum Platzen bringt, sieht er mich Beifall heischend an, und seine Augen blitzen vor Vergnügen: »Hast du das gehört?«

Geschenkpapier zählt auch zu seinen Favoriten, und er liebt die knisternden, spröden Plastiktüten, die unsere Frühstücksflocken im Karton frisch halten. Er kann sich eine halbe Stunde mit einer zusammengeknüllten Tütenkugel vergnügen. Den gleichen Erfolg erziele ich auch mit einem Ball aus Alufolie.

Aber das absolute Lieblingsspielzeug sind Pappkartons. Immer wenn ich mit einem Karton in der Hand an Bob vorbeigehe, springt er an mir hoch und versucht, ihn mir zu entreißen. Ob Cornflakes-packung, Milchkarton oder Aufbewahrungskiste, er angelt mit den Pfoten nach dem begehrten Spielzeug, als wollte er sagen: »Gib schon her, ich will SOFORT damit spielen.«

Er versteckt sich auch gern in Umzugskartons. Diese Vorliebe hat mir schon so manchen Schrecken eingejagt.

Bob darf nicht allein aus der Wohnung, und die Fenster sind

immer geschlossen, wenn wir zu Hause sind, damit er nicht auf die Idee kommt, hinauszuklettern. Natürlich weiß ich, dass sich Katzen im Fallen immer richtig herum drehen, und wir waren auch »nur« im fünften Stock, aber ich wollte seine Flugtauglichkeit keinesfalls auf die Probe stellen. Deshalb verfiel ich auch gleich in Panik, als ich ihn an einem warmen Sommerabend in der Wohnung nirgends finden konnte.

»Bob, Bob! Wo bist du, Kumpel?«, rief ich immer wieder.

Ich durchsuchte jeden Winkel, aber er war weder im Schlafzimmer noch in der Küche oder im Bad. Dann fiel mir ein, dass ich einen Karton mit Altkleidern in den Schrank gestellt hatte. Und tatsächlich, als ich hineinsah, entdeckte ich auf der Kleidung einen wohlbekannten roten Pelz.

Die nächste Episode von Bob im Pappkarton hätte schlimmer ausgehen können.

Belle war gekommen, um mir beim Aufräumen meiner Wohnung zu helfen.

»Du musst dich jetzt wirklich mal von all dem Gerümpel trennen«, seufzte sie mit Blick auf all meine »Schätze«, die ich dort bunkerte. Ich lebte damals schon einige Jahre in der Wohnung und hatte fleißig gesammelt, was andere Leute wegwarfen.

Wir füllten ein paar Umzugskartons mit alten Büchern, Landkarten, kaputten Radios und Toastern. Einiges wollten wir wegwerfen und den Rest zur Wohlfahrt oder zum Wertstoffhof bringen.

Als Belle auf den Aufzug wartete, um einen Karton zu den Mülltonnen im Hof zu bringen, rappelte es plötzlich in der Kiste. Ich hörte nur ihren entsetzten Aufschrei.

Bis ich an der Tür war, um nachzusehen, hatte sie den Karton fallengelassen und Bob darin entdeckt. Er tauchte gerade aus einem Stapel alter Bücher und Zeitschriften auf, wo er ein Nickerchen gehalten hatte. Das war knapp. Fast hätten wir ihn mit dem Müll entsorgt!

Nach diesem Erlebnis bastelte ich ihm ein Bettchen aus einem Pappkarton. Mein Hintergedanke dabei war, dass er vielleicht nicht mehr so verrückt nach Kartons sein würde, wenn er in einem schliefe. Ich schnitt eine Seitenwand heraus und legte eine Decke hinein.

»So gemütlich wie ein Luxusbett, was, Bob?«, sagte ich, als er sich sofort hineinkuschelte.

Sein lautstarkes Dankeschnurrrr war meine Belohnung. Er war glücklich.

Bob hatte auch eine sehr innige Beziehung zu unserem Mülleimer. Immer wenn ich etwas hineinwarf, stellte er sich auf die Hinterbeine und steckte die Nase hinein.

»Na, was suchst du denn?«, neckte ich ihn jedes Mal. Er warf mir dann immer einen bösen Blick zu, der eine klare Zurechtweisung war: »Das kommt darauf an, was du weggeworfen hast. Du hast mich nicht gefragt, ob ich damit noch spielen will.«

»Hiermit ernenne ich dich zu meinem Müllinspektor, okay?«, sagte ich eines Tages und musste unweigerlich lachen.

Eines Morgens, als ich gerade aus der Dusche kam, hörte ich seltsame Geräusche aus der Küche. Es klang, als würde jemand eine Blechdose über den Küchenboden schleifen. Dazu kam klägliches Katzengejammer.

»Bob, was stellst du jetzt wieder an?«, fragte ich und schnappte mir schnell noch ein Handtuch, um mir auf dem Weg in die Küche die Haare zu trocknen.

Ich konnte mir ein Grinsen nicht verkneifen, als ich die Bescherung sah.

Bob stand mitten in der Küche, und auf seiner Schnauze thronte eine leere Dose Katzenfutter. Sie bedeckte sein Gesicht bis zu den Augen wie ein eiserner Maulkorb.

Er konnte kaum noch etwas sehen und schob sich mit dem Kopf auf dem Boden rückwärts über den Küchenboden, um sich so aus der festsitzenden Dose zu befreien. Sein Plan war gut. Er schüttelte immer wieder den Kopf oder klopfte mit der Dose gegen den Fußboden, um sie abzuschütteln. Leider ohne Erfolg, aber es sah urkomisch aus.

Dann bemerkte ich die volle Mülltüte, die ich später an diesem Morgen nach unten bringen wollte. Normalerweise stellte ich den Müllsack abends immer auf den Flur, damit Bob nicht in Versuchung geriet. Gestern Abend hatte ich das wohl vergessen.

Er hatte ihn aufgerissen und den Boden angeknabbert, um den Inhalt zu erkunden. Kartons waren keine drin, aber er hatte die leere Dose gefunden – und den Kopf hineingesteckt. So ein Schlamassel. Es war alles meine Schuld.

Bob versuchte sich mit einem kläglichen »Rrrrru« bemerkbar zu machen.

Die Dose hatte einen scharfen Rand an der Öffnung, also musste ich seinen Kopf wirklich sehr vorsichtig aus dieser Zwangslage befreien. Die Dose stank bereits erbärmlich.

Kaum war Bob den lästigen Kopfschmuck los, raste er davon. Kleine Reste von Katzenfutter klebten an seinem Kopf und an seinen Ohren, und er begann hektisch, sich zu lecken und zu putzen. Zwischendurch warf er mir immer wieder verlegene Blicke zu.

Schließlich war das nicht sein erster Müllunfall. Damals hörte ich ein seltsames Tappen in der Küche. Tap … tap … tap – gefolgt von einem schnelleren tap, tap, tap, tap.

Es war natürlich Bob, diesmal steckte er mit einer Pfote in einem leeren Butterdöschen fest. Er war verrückt nach Butter und wollte scheinbar die letzten Reste mit der Vorderpfote herausholen. Er hatte sie mit Gewalt in die viel zu kleine Öffnung hineingequetscht und nun klebte das Döschen fest wie ein Schuh. Immer wieder hob er die gefangene Pfote hoch und drückte sie gegen die Türen der Küchenschränke. Verzweifelte Versuche, das lästige Ding wieder loszuwerden. Leider ohne Erfolg.

»Bob, du Dummkopf. Was hast du jetzt wieder angestellt?«, schimpfte ich mit gespieltem Ernst und beugte mich zu ihm hinunter, um ihm aus der Patsche zu helfen.

»Ja gut, ich hatte schon bessere Einfälle«, sagte mir sein zerknirschter Blick, »aber hast du noch nie einen Fehler gemacht?«

Kapitel 9
Würmer

Auch wenn ich immer knapp bei Kasse war, legte ich doch immer größten Wert auf möglichst gesundes Katzenfutter für Bob und achtete auf die richtigen Mengenangaben, die auf den Verpackungen angegeben waren. Morgens bekam er eine Tasse Trockenfutter und abends, etwa eine halbe Stunde vor dem Schlafengehen, noch eine halbe Tasse sowie einen halben Beutel von seinem geliebten Nassfutter.

Dazu kamen noch die kleinen Snacks, die er über den Tag verteilt bei der Arbeit abräumte. Es war immer genug, damit er gesund und zufrieden blieb. Meistens ließ er sogar etwas von seinem Frühstück übrig, weil es ihm zu viel war.

Ein paar Tage, nachdem er mit dem Kopf in der alten Dose stecken geblieben war, wurde er plötzlich seltsam gefräßig. Er verschlang seine Morgenration doppelt so schnell wie sonst und leckte sogar noch die Schüssel aus.

Und er fing an zu betteln. Bisher hatte immer ich entschieden, wann er für ein Kunststück eine Belohnung bekam. Auf einmal drängte er mich geradezu, ihm etwas zu geben. Sein Benehmen, wenn es ums Futter ging, veränderte sich total. Mit seinem treuherzigen »Gestiefelter-Kater«-Blick hatte das nichts mehr zu tun.

Aus seinen Augen sprach die blanke Gier nach mehr Futter. Sobald wir zu Hause waren, ging der Terror weiter. Egal, wie viel ich ihm hinstellte, alles war binnen Sekunden heißhungrig verschlungen. Dann bombardierte er mich mit Blicken, die er sich aus dem Film *Oliver Twist* abgeschaut haben könnte. »Dad, kriege ich einen Nachschlag?«

Als er nach einer Woche Fressattacken kein Gramm zugenommen hatte, schrillten bei mir die Alarmglocken.

Sehr seltsam, dachte ich.

Er musste auch viel öfter zur Toilette. Seine Abscheu vor dem Katzenklo hatte er inzwischen abgelegt und benutzte es regelmäßig morgens nach dem Frühstück. Dann musste er erst wieder auf dem Weg zur Arbeit. Doch plötzlich ging er mindestens dreimal, bevor wir das Haus verließen. An der Angel Station wollte er auch viel öfter zu seinem Freiluftklo als sonst. Es war immer so ein Aufwand: Alles zusammenpacken und ab in den nahe gelegenen Park, aber was blieb mir anderes übrig?

»Was ist nur los mit dir, Bob?«, fragte ich entnervt, nachdem ich dieses Spiel ein paar Tage mitgemacht hatte.

Er hatte nur einen abwehrenden Blick für mich übrig, als wollte er sagen: »Halt dich da raus.«

Dann erwischte ich ihn eines Tages, wie er hoch konzentriert auf seinem Hintern über den Teppich rutschte.

Ich war entsetzt. »Bob, das ist ja widerlich. Was soll das?«

Aber es war ein sicheres Zeichen, dass etwas mit Bob nicht stimmte. Wie üblich war ich gerade wieder knapp bei Kasse und wusste nicht, wie ich die Tierarztkosten aufbringen sollte. Also beschloss ich, am nächsten Morgen auf dem Weg zur Arbeit in die Bücherei zu gehen, um Bobs Symptome im Internet zu recherchieren. Mir schwante bereits, dass er sich einen Magenparasiten eingefangen hatte. Das passte zu seinen vermehrten Toilettengängen und dem Rutschen auf dem Teppich.

In meiner Kindheit in Australien hatte ich selbst erlebt, was Würmer bei Katzen anrichten können. Es war nicht nur schrecklich, sondern auch ansteckend. Viele Kinder in Australien haben sich von ihren Katzen Würmer eingefangen. Das war richtig ekelig. Ich hoffte sehr, dass ich mit meiner Ahnung falschlag.

Es ist ein großer Fehler, im Internet Krankheiten nachzuschlagen. Schon nach einer halben Stunde war ich überzeugt, dass Bob von einer besonders hartnäckigen Wurmart befallen war: dem Hakenwurm oder dem Bandwurm. Keiner der beiden ist tödlich, aber doch so gemein, dass sie Gewichtsverlust und stumpfes Fell verursachten, wenn man nichts dagegen tat.

Ich musste wohl oder über Bobs nächstes Häufchen untersuchen. Ich brauchte nicht lange darauf zu warten. Wir hatten gerade mal eine Stunde Zeitungen verkauft, als er mir mit den wohlbekannten Lauten und eindeutigen Gesten zu verstehen gab, dass er seine Grünfläche brauchte. Ich musste es unbedingt schaffen, einen Blick darauf zu werfen, bevor er alles in der weichen Erde verscharrte.

Bob war empört über die Unterbrechung seines Rituals.

»Tut mir leid, Bob, aber ich muss mir das wirklich kurz ansehen«, entschuldigte ich mich bei ihm und stocherte mit einem Zweig in seinem Häufchen herum.

Auch wenn das jetzt albern klingt, aber ich war überglücklich, als ich nur ein paar winzige weiße Dinger darin entdeckte. Es waren zwar Würmer, aber nur die harmloseren Winzlinge.

»Wenigstens kein Haken- oder Bandwurm«, tröstete ich mich für den Rest des Tages, hatte aber ziemlich gemischte Gefühle. Als verantwortungsbewusster Katzenvater achtete ich sehr auf Bobs Ernährung, gab ihm kein rohes Fleisch oder sonstige Leckereien, von denen ich wusste, dass sie ihm nicht guttaten. Außerdem ließ ich ihn regelmäßig auf Flöhe durchchecken, die auch Wirtsträger für Würmer sein können. Bob versäumte nie seine Katzenwäsche, und ich hielt die Wohnung katzengerecht sauber. Diesen Wurmbefall nahm ich sehr persönlich und machte mir große Vorwürfe.

»Es ist meine Schuld, nicht wahr, Bob?«, fragte ich ihn zerknirscht. »Aber wenigstens weiß ich jetzt, was zu tun ist. Wir müssen zum Tierarzt, Kumpel.«

Das Blue Cross ist ein Tierschutzverein, der sich um kranke und verletzte Haustiere kümmert, und ich wusste, dass seine mobile Ambulanz am nächsten Tag in Islington stehen würde.

Am nächsten Morgen machten wir uns früh auf den Weg, um die Warteschlange zu vermeiden. Bobs Häufchen hatte ich nach dem Frühstück vorsorglich eingesammelt und in einem fest verschlossenen, leeren Pillendöschen dabei.

Die Mitarbeiter der Ambulanz kannten uns gut. Bob hatte dort seinen Mikrochip bekommen, und ich war sozusagen Dauergast, weil ich Bobs Tierarztrechnungen in wöchentlichen Raten begleichen durfte. Ich ließ Bob hier regelmäßig untersuchen – natürlich auch auf Flöhe und Würmer.

»Was hat er denn?«, fragte der Tierarzt.

»Er frisst wie ein Scheunendrescher und geht viel öfter zur Toilette als sonst«, erklärte ich ihm. »Außerdem rutscht er mit dem Hintern über den Teppich. Ich habe schon seinen Kot untersucht und Würmer gefunden.«

Der Tierarzt untersuchte die Probe, die ich ihm mitgebracht hatte. »Jawohl, ganz eindeutig Würmer«, bestätigte er meinen Verdacht. »Hat er in letzter Zeit etwas Ungewöhnliches gefressen? Hatte er die Möglichkeit, an Abfall oder Ähnliches heranzukommen?«

Da ging mir endlich ein Licht auf. Ich war so ein Idiot!

»Aber ja!«, rief ich aus. »Vor Kurzem steckte er mit dem Kopf in einer leeren Dose Katzenfutter aus dem Müll fest. Da waren noch alte Futterreste dran!«

Wie konnte ich das nur vergessen?

Der Tierarzt gab mir eine Wurmkur und eine Plastikkanüle, um ihm die Medizin tief in den Rachen spritzen zu können.

»Wie lange wird es dauern, bis wir diese Plage los sind?«, wollte ich wissen.

»Nur ein paar Tage, James«, antwortete er. »Sollte es länger dauern, müsst ihr nächste Woche wiederkommen.«

Vor einigen Jahren musste ich Bob Antibiotikatabletten mit der Hand in den Mund stecken und so lange seine Kehle kraulen, bis er sie geschluckt hatte. Die Kanüle vereinfachte diesen Prozess. Trotzdem musste er mir vertrauen, damit ich sie ihm ins Maul stecken durfte.

Als ich abends zu Hause die Kanüle hervorholte, war Bob sehr misstrauisch. Aber er wusste, dass ich nur sein Bestes wollte, also ließ er mich gewähren, und ich konnte die Tablette tief in seinen Rachen fallen lassen.

»Du weißt, dass ich dich niemals unnötig quälen würde, stimmt's, Bob?« Ich kraulte ihm beruhigend die Kehle.

Er hatte mich verstanden.

Schon nach wenigen Tagen war Bob wieder ganz der Alte. Er fraß wieder ganz normal und musste auch nicht mehr ständig aufs Katzenklo.

Mir persönlich erteilte ich eine gehörige Standpauke. Die Verantwortung für Bob hatte mir immer viel Kraft gegeben. Aber ich war nachlässig geworden, und das war unverzeihlich. Bob war schließlich kein Gelegenheitsjob, den man nur macht, wenn man Lust dazu hat.

»Nie wieder werde ich einen Müllsack in der Wohnung herumliegen lassen«, bläute ich mir ein.

Aber in erster Linie war ich erleichtert. Bob war so gut wie nie schwach oder krank, aber wenn, dann befürchtete ich immer gleich das Schlimmste. In den letzten Tagen habe ich versucht, mir vorzustellen, wie es wäre, wenn Bob sterben würde und ich ohne ihn weiterleben müsste. Der Gedanke war so schrecklich, dass ich ihn nicht zu Ende denken konnte.

Ich sage zwar immer, dass Bob und ich Seelenverwandte sind und wir uns gleichermaßen brauchen. Aber tief in meinem Herzen weiß ich, dass es nicht so ist. Ich brauche ihn viel mehr als er mich.

Kapitel 10

Die Katze auf dem Dach

Bob und ich sind ein auffälliges Paar. Nicht einmal in London gibt es viele langhaarige Typen, die mit einer roten Katze auf der Schulter durch die Stadt spazieren.

Im Sommer und Herbst 2009 waren wir allerdings noch abenteuerlicher unterwegs. Leider litt ich damals unter höllischen Schmerzen, sodass ich gar nicht mitbekam, wie viel Aufmerksamkeit wir erregten.

Alles begann nach meiner Rückkehr aus Australien, wo ich meine Mutter besucht hatte. Die Beziehung zwischen uns beiden war schon immer schwierig. Bis auf *einen* Kurzbesuch in London hatte ich sie das letzte Mal gesehen, als sie mich mit achtzehn Jahren am Flughafen in Australien absetzte. Ich wollte in London als Musiker Karriere machen. In den folgenden zehn Jahren hatten wir kaum Kontakt. Aber mit der Zeit waren die Wunden verblasst, und als sie anbot, mir den Flug für einen Besuch bei ihr zu bezahlen, zögerte ich nicht lange.

Mit Bobs Hilfe hatte ich gerade einen großen Durchbruch bei meinem Drogenentzug geschafft. Das hatte viel Kraft gekostet, und ein Urlaub würde mir guttun. Bob blieb in dieser Zeit bei meiner Freundin Belle, die im Stadtteil Hoxton wohnte, ebenfalls im Norden von London.

Die Risiken einer Venenthrombose bei Langstreckenflügen, wo

man stundenlang in engen Sitzreihen eingepfercht war, sind hinreichend bekannt. Obwohl ich so oft wie möglich aufstand und im Mittelgang auf- und ablief, kam ich mit einem schmerzenden Oberschenkel nach Hause.

Anfangs waren die Schmerzen noch auszuhalten, und ich konnte sie mit Schmerztabletten aus der Apotheke betäuben. Aber mit der Zeit wurden sie immer schlimmer. Ich hatte das Gefühl, als würde kein Blut mehr durch meinen Oberschenkel fließen, und die Muskelkrämpfe wurden unerträglich. Es kam mir vor, als hätte ich ein lebloses Zombie-Bein.

Bald konnte ich nicht mehr normal sitzen oder liegen. Wenn ich zu Hause fernsehen oder etwas essen wollte, musste ich mein Bein auf ein Kissen oder einen Stuhl legen. Nachts musste ich verkehrt herum im Bett liegen, damit ich meinen Fuß auf das erhöhte Kopfteil legen konnte.

Ich war zweimal beim Arzt, bekam aber jedes Mal nur stärkere Schmerztabletten verschrieben. Bestimmt gingen sie davon aus, dass mein jahrelanger Drogenmissbrauch die Schmerzen verursachte. Vielleicht habe ich mich auch nicht klar genug ausgedrückt, aber der Arzt gab mir das altbekannte Gefühl aus meiner Zeit als Obdachloser, nämlich wertlos und unsichtbar zu sein.

Mein größtes Problem war, dass ich weiterhin Geld verdienen musste. Trotz unerträglicher Schmerzen quälte ich mich jeden Morgen aus dem Bett und schleppte mich zur Angel Station, um wenigstens ein paar Zeitschriften zu verkaufen.

Leicht war das nicht. Sobald mein Fuß den Boden berührte, schoss mir der Schmerz wie ein Stromschlag ins Bein. Mehr als drei bis vier Schritte am Stück waren nicht drin. Der Weg zur Bushaltestelle wurde so anstrengend wie ein Marathonlauf, und ich brauchte dafür dreimal so lange wie sonst.

Anfangs konnte Bob mit meinem Schneckentempo nichts anfangen. Er fand mein Benehmen sehr befremdlich und warf mir fragende Blicke zu: »Warum schleichst du so, Kumpel?«

Aber er begriff schnell, dass es mir nicht gut ging, und passte sich an.

Morgens weckte er mich nicht mehr mit bettelndem Miauen, sondern beobachtete mich mit besorgtem Blick.

»Na? Geht es dir heute besser?«, sollte das wohl heißen.

Er lief auch viel öfter neben mir her, als sich von mir auf der Schulter tragen zu lassen. Und das, obwohl er das Oberdeck, wie ich es nannte, als Fortbewegungsmittel bevorzugte. Er wusste einfach, dass ich Schmerzen hatte.

Wenn er der Meinung war, ich wäre nun lange genug dahingehumpelt, versuchte er sogar, mich zum Hinsetzen zu bewegen. Er lief mir dann vor die Füße und zog mich an der Leine zu einer Bank oder Mauer, weil ich mich ausruhen sollte. Ich dagegen fand es besser, schneller ans Ziel zu kommen, als immer wieder Pause zu machen. Für eine Weile entwickelte sich daraus ein kleiner Machtkampf zwischen uns beiden.

Immer wenn ich vor Schmerz aufstöhnte, blieb Bob stehen und sah mich an.

»Dann bleib doch stehen oder setz dich hin«, sagte sein Blick.

»Nein, Bob, ich muss in Bewegung bleiben«, murrte ich.

Wären meine Schmerzen nicht so unerträglich gewesen, dann hätte ich unsere Zwiegespräche bestimmt amüsant gefunden. Wir benahmen uns wie ein verkrachtes altes Ehepaar.

Irgendwann zog ich zu Belle, weil das in meinem Zustand viel praktischer war. Sie wohnte nicht im fünften, sondern im ersten Stock. Das allein war Gold wert. Auch der Weg zur Arbeit war um einiges kürzer, da sie eine Bushaltestelle genau vor ihrem Haus hatte.

Meine Schmerzen linderte das allerdings nicht.

»Ich brauche eine Krücke«, beschloss ich eines Morgens.

Also ging ich mit Bob in den kleinen hübschen Park ganz in der Nähe von Belles Wohnung. Dort fand ich einen Ast von einem gefällten Baum, der perfekt unter meine Achsel passte. So brauchte ich mein schmerzendes Bein nicht mehr zu belasten und kam trotzdem vorwärts.

Die schrägen Blicke meiner Mitmenschen waren mir egal. Mit meinen langen Haaren und dem zottigen Bart sah ich wahrscheinlich aus wie eine moderne Version von Merlin, dem Zauberer. Die rote Katze auf der Schulter verstärkte wohl noch das Bild eines Hexenmeisters, der mit seinem »Medium« spazieren ging. Aber mir war alles egal. Für die Linderung meiner Schmerzen hätte ich alles getan.

Unser Bob-Mobil verstaubte ungenutzt auf dem Flur vor meiner Wohnung in Tottenham. An Radfahren war überhaupt nicht zu denken.

Bob spürte natürlich, wie schlecht es mir ging. Wenn er mir morgens dabei zusah, wie ich mich mühsam in meine Jeans quälte, hatte er nur noch einen vernichtenden Blick für mich übrig.

»Warum tust du dir das an?«, schien er zu fragen. »Bleib doch einfach liegen!«

»Ich habe leider keine Wahl, Bob«, stieß ich zwischen zusammengebissenen Zähnen hervor. »Wir sind pleite, wie immer. Also muss ich da jetzt durch!«

Fünf bis sechs Stunden an meiner Verkaufsstelle an der Angel Station herumzustehen, war nicht mehr möglich.

Zum Glück hatte einer der Blumenhändler am U-Bahnhof mitbekommen, wie schlecht es mir ging. Er brachte mir zwei Eimer, in denen er normalerweise seine Blumen anbot.

»Hier, setz dich dadrauf. Und der zweite ist für Bob«, sagte er und klopfte mir aufmunternd auf die Schulter.

»Vielen Dank«, antwortete ich erleichtert. »Hast was gut bei mir.«

Anfangs hatte ich panische Angst, dass mich die Passanten im Sitzen übersehen würden und ich nichts verkaufen konnte. Aber ich hätte es besser wissen müssen. Bob nahm sich der Sache an.

In dieser Zeit entwickelte er sich zu einem richtigen kleinen Entertainer. Er strich mir um die Beine, und seine Augen sprühten vor Übermut. Damit forderte er mich auf: »Komm schon, James, hol die Snacks raus. Lass uns ein paar Kunststücke vorführen und Geld verdienen!«

Ich war überzeugt, dass er mal wieder voll den Durchblick hatte. Je eher wir unseren Tagessatz verdient hatten, desto früher konnten wir nach Hause gehen und ich mein Bein hochlegen. Manchmal war er mir direkt unheimlich.

Ich wünschte wieder einmal, dass ich die Welt so sehen würde wie Bob – immer mit Blick auf das, was wirklich wichtig ist.

Unser Aufenthalt bei Belle hatte seine guten und schlechten Seiten. Belle kümmerte sich um mich, damit ich mein Bein wenigstens zu Hause schonen konnte. Sie kochte mir leckeres Essen und wusch meine Wäsche. Bob war auch glücklich bei ihr. Als ich in Australien war, sind die beiden gute Freunde geworden. Sie war auch der einzige Mensch außer mir, der ihn hochheben durfte.

Als Bob letztes Jahr eines Abends an der Angel Station voller Panik weggelaufen war, nachdem ihn ein Hund angegriffen hatte, war er zu Belles Wohnung geflüchtet. Ich hatte ihn stundenlang gesucht und bin nicht auf die Idee gekommen, dort nachzusehen. Es war die schrecklichste Nacht meines neuen Lebens.

Die enge Beziehung zwischen Bob und Belle machte mir das Leben leicht. Aber es war auch ein Freibrief für Bob, uns gegeneinander auszuspielen.

Wie an jenem Morgen, als ich nach dem Aufstehen in Boxershorts und T-Shirt in die Küche humpelte, um mir einen Kaffee zu machen. Normalerweise wartete Bob dort immer schon auf mich. Aber an diesem Tag ließ er sich nicht blicken. Belle war auch nirgends zu sehen.

In der Früh hatte es stark geregnet, aber inzwischen schien die Sonne und die Temperaturen kletterten nach oben. Belle hatte das Küchenfenster geöffnet, um frische Luft hereinzulassen.

»Bob? Wo bist du, Kumpel?«, rief ich und machte mich auf die Suche nach ihm. Kein Bob im Wohnzimmer und auch nicht im Flur. Also schlurfte ich weiter zu Belles Schlafzimmer. Dort war das Fenster ein Stück hochgeschoben. Als ich das sah, beschlich mich ein ungutes Gefühl.

Belles Wohnung war im ersten Stock und dieses Fenster befand sich genau über dem Vordach der darunterliegenden Erdgeschosswohnung. Darunter lagen ein Innenhof und der Parkplatz des Mietshauses. Von dort aus waren es nur noch wenige Meter bis zur stark befahrenen Hauptstraße dieses Viertels.

»Oh nein, Bob«, murmelte ich erschrocken und zwängte meinen Kopf durch den offenen Fensterspalt. »Du wirst doch nicht da rausgesprungen sein?«

Aber tatsächlich! Fünf Wohnungen weiter lag Bob auf dem Vordach und sonnte sich.

»Bob!«, schrie ich entsetzt.

Was, wenn er vom regennassen Dach abrutschte oder gar auf die

Idee kam, in den Innenhof zu springen und über den Parkplatz auf die Straße zu laufen?

Bob drehte sich in Zeitlupentempo zu mir um.

»Was hast du denn?«, fragte sein verständnisloser Blick.

Kapitel 11
Eine schwierige Frage

Völlig panisch schraubte ich die Sicherheitsvorrichtung des Fensters ab, damit ich es ganz öffnen und selbst aufs Dach klettern konnte. Ich war immer noch nicht angezogen.

Die Dachziegel waren noch nass vom Regen und dementsprechend rutschig. Es war schwierig, nicht den Halt zu verlieren, besonders mit dem höllisch schmerzenden Bein. Aber irgendwie schlitterte ich über die Vordächer bis zu Bob.

Was für ein unsinniges Unterfangen.

Kurz bevor ich bei ihm ankam, rappelte er sich auf und tänzelte leichtfüßig zurück. Er knurrte mich sogar an, als er an mir vorbeikam. Mit einem grazilen Sprung stand er auf dem Fenstersims und verschwand in Belles Wohnung.

Für mich war es nicht so einfach, auf der glitschigen Oberfläche zurückzubalancieren. Zu meinem Entsetzen tauchten hinter den Fenstern der Nachbarwohnungen auch noch die ersten Gesichter auf. Ihre Blicke sprachen Bände, von Schock über Mitleid bis Schadenfreude war alles dabei.

Als ich mich endlich wieder ins Schlafzimmer zurückgezwängt hatte, fiel die Wohnungstür ins Schloss. Belle stand mit einer Einkaufstüte im Flur.

Sie brach in Gelächter aus.

»Wo hast du dich denn herumgetrieben?«, fragte sie kichernd.

»Auf dem Vordach, um Bob zu retten.«

»Wozu das denn? Er ist oft da draußen«, sagte sie verwundert. »Manchmal springt er auch in den Innenhof hinunter. Aber er kommt immer wieder.«

»Das hättest du mir auch früher sagen können«, murrte ich beleidigt und ging, um mich endlich anzuziehen.

Schon kurze Zeit später verwünschte auch Belle Bobs Streiche.

Ich hatte auf die harte Tour herausfinden müssen, dass Bob sich gern im Hinterhof herumtrieb. Er nutzte es schamlos aus, dass Belle in der ersten Etage wohnte und nicht wie wir in der fünften.

Bob fing an, seinen Jagdtrieb auszuleben. Katzen sind nun mal Raubtiere. Eines Tages kam er mit einer kleinen Maus im Maul nach Hause, als wir gerade im Wohnzimmer saßen.

Stolz legte er sie mir wie ein wertvolles Geschenk vor die Füße.

»Bob! Du wirst wieder krank, wenn du die frisst!«, schimpfte ich.

Wie nicht anders zu erwarten, wurde er immer dreister mit seinen Mitbringseln.

Eines Morgens lag ich noch im Bett und las, als mich ein durchdringender Schrei von Belle aufschreckte.

»Iiiiiiih!«

Ich sprang aus dem Bett und lief ins Wohnzimmer, wo Belle gerade bügelte. Auf einem Stapel frischer T-Shirts saß ein kleiner, brauner Frosch.

»Oh James, bitte, nimm ihn weg und schmeiß ihn raus. Schnell!«, kreischte sie. Bob stand mit schelmischem Blitzen in den Augen an der Tür. Er wusste ganz genau, was passiert war.

Ich fing den kleinen Frosch ein und trug ihn in den Hinterhof, um ihn dort freizulassen. Bob wich mir dabei nicht von der Seite.

Eine Stunde später hörte ich Belle wieder schreien. Darauf folgte ein dumpfer Schlag, als hätte sie etwas gegen die Wand geschleudert.

»Was ist es diesmal?«, fragte ich und folgte ihr in den Flur.

Belle stand mit angeekelter Miene da und hielt sich die Hände vors Gesicht. Dann deutete sie auf ein Paar Hausschuhe am anderen Ende des Flurs, die sie scheinbar selbst dorthin geworfen hatte.

»Er ist jetzt in einem meiner Schlappen«, krächzte sie.

»Wer ist dadrin?«, fragte ich.

»Der Frosch!«

Ich versuchte angestrengt, mir das Lachen zu verkneifen. Dann schnappte ich mir den unfreiwilligen Eindringling ein zweites Mal und brachte ihn zurück in den Hof. Und wieder marschierte Bob hinter mir her und versuchte mir dabei mit unschuldiger Miene klarzumachen, dass es purer Zufall war, dass dieser Frosch nun schon zweimal in Belles Wohnung gelandet war.

»Bis hierher und nicht weiter«, befahl ich ihm an der Haustür. Diesmal musste ich den Frosch allein loswerden.

Bob sah mich enttäuscht an, drehte sich dann aber um und zockelte widerwillig zurück in die Wohnung, als wollte er sagen: »Mit dir kann man auch keinen Spaß mehr haben!«

Obwohl es uns bei Belle an nichts fehlte, wurde mir mit der Zeit klar, dass wir nicht ewig so weitermachen konnten. Vor allem wegen meiner Beziehung zu Bob.

Durch die ständigen Schmerzen im Bein reagierte ich schnell gereizt und war auch generell nicht so gut drauf wie sonst. Bob hatte schnell gemerkt, dass ich schon beim Aufwachen schlecht gelaunt war, also hatte er es sich abgewöhnt, morgens zu mir ans Bett zu kommen, um zu spielen. Sein Frühstück bekam er auch meistens von Belle. Danach verdrückte er sich aus dem Fenster und kam oft erst spätabends wieder nach Hause. Bestimmt hatte er viel Spaß da draußen ohne mich.

Außerdem drängte sich der Verdacht auf, dass er sich weitere Futterstellen gesucht hatte. Wenn Belle oder ich ihm abends seine Schüssel füllten, spielte er meist nur damit herum.

Zuerst befürchtete ich, er würde sich wieder aus den Mülltonnen bedienen.

Doch dann trafen wir eines Tages, als wir gerade das Haus verlassen wollten, um zur Arbeit zu fahren, einen älteren Herrn an den Briefkästen. Offensichtlich kannte Bob ihn gut.

»Hallo, junger Freund«, begrüßte der Mann Bob. »Schön, dich wiederzusehen.«

Da fiel mir ein Kinderbuch namens »Six Dinner Sid« von Inga Moore ein. Darin schmeichelt sich ein Kater in die Herzen der gesamten Nachbarschaft, sodass er jeden Abend in sechs Haushalten gefüttert wird.

Bob hatte offenbar dasselbe getan. Er war Six Dinner Bob!

Das waren alles nur Zeichen, dass Bob sich in dieser Umgebung wohlfühlte. Aber es zeigte auch, dass ich nicht mehr der Mittelpunkt seines Lebens war und er auch gut ohne mich zurechtkam.

Eines Nachts, als ich wieder einmal schlaflos im Bett lag und über alles Mögliche nachdachte, nur um mich von dem pochenden Schmerz in meinem Bein abzulenken, schlich sich eine Frage ein, die ich mir bisher noch nie gestellt hatte, seit Bob bei mir war: Wäre Bob ohne mich besser dran?

Wer will schon bei jedem Wetter auf der Straße sitzen und sich von Fremden knuffen und betatschen lassen? Vor allem, wenn es da viel nettere und unkompliziertere Menschen gab, die alle gewillt waren, ihm seine tägliche Futterration hinzustellen.

Bisher war ich immer der Meinung gewesen, ich könnte Bob ein ebenso gutes Leben bieten wie jeder andere. Aber zum ersten Mal war ich mir da nicht mehr so sicher.

Kapitel 12

Bobs Entscheidung

Eines Tages humpelte ich gerade über den Parkplatz eines Supermarktes, als mir ein leerer Rollstuhl ins Auge fiel. Der Gedanke an Fortbewegung ohne Schmerzen war sehr verlockend. Für einen winzigen Augenblick überkam mich die Versuchung, ihn zu entwenden, doch dann schämte ich mich ganz schrecklich für diese Überlegung.

Ich stellte mir auch immer öfter vor, wie es wohl wäre, Bob zu verlieren. Je schlimmer mein Bein wurde, desto sicherer war ich, dass er nicht mehr bei mir sein wollte. Ich malte mir aus, wie er von dem älteren Herrn nebenan verhätschelt und verwöhnt wurde. Oder wie er sich auf dem Vordach unter Belles Wohnung sonnte, während ich allein davonhumpelte, um die *Big Issue* zu verkaufen.

Wegen der Schmerzen hatte ich viel weniger Geduld mit Bob, und ich spielte kaum noch mit ihm. Manchmal versuchte er, sich auf meinen schmerzenden Oberschenkel zu legen, aber das war nicht auszuhalten. Mein Bein war inzwischen violettrot angelaufen, und die Schmerzen waren grausam.

»Geh und spiel woanders, Bob«, sagte ich immer wieder und schubste ihn weg.

Widerwillig trollte er sich aus meinem Schlafzimmer, wobei er mir immer enttäuschte Blicke zuwarf, bevor er verschwand.

Kein Wunder, dass er sich seine Streicheleinheiten woanders holt, dachte ich. *Momentan bin ich ihm wirklich kein guter Freund.*

Eines Morgens wachte ich auf und hatte die Schnauze gestrichen voll. Zum Teufel mit den Ärzten, sollten sie über mich und meine Vergangenheit doch denken, was sie wollten. Ich musste endlich wissen, was mit meinem Bein los war. Und ich wollte, dass die Schmerzen endlich aufhörten. Ich zog mich an, schnappte meine Krücke und machte mich auf den Weg zum nächstbesten Hausarzt.

»Eine interessante Krücke haben Sie da, Mr Bowen«, sagte der Arzt, als ich ins Sprechzimmer kam.

»Not macht erfinderisch«, konterte ich.

Dann untersuchte er meinen Oberschenkel und das restliche Bein.

»Das sieht aber gar nicht gut aus. Sie dürfen das Bein eine Woche lang nicht belasten, und wir machen einen Bluttest, um herauszufinden, ob es sich um ein Blutgerinnsel handelt«, teilte er mir mit. »Außerdem kann ich Ihnen, glaube ich, etwas Besseres anbieten als diesen Ast.«

Als ich die Praxis verließ, war ich stolzer Besitzer zweier echter Metallkrücken, komplett mit Gummigriffen, Armhalterungen und Stoßdämpfern. Gleich am nächsten Tag ging ich zum Bluttest.

Nach der vorgegebenen Wartezeit von zwei Tagen rief ich wieder an: »Ist mein Ergebnis schon da?«, wollte ich wissen. Eine Ärztin bestätigte mir am Telefon meine schlimmste Befürchtung.

»Es ist eine TVT, eine tiefe Venenthrombose, also ein Blutgerinnsel. Sie müssen in die Uni-Klinik fahren für weitere Untersuchungen«, sagte sie.

Irgendwie war ich erleichtert. Ich hatte ja immer schon befürchtet, dass meine Schmerzen mit dem langen Australienflug zusammenhingen. Gleichzeitig hatte ich Angst, weil ich wusste, dass TVT einen Herzinfarkt oder Schlaganfall auslösen konnte.

Im Krankenhaus fanden sie den großen Blutpfropfen in meinem Bein.

»Ausgelöst wurde das Gerinnsel wahrscheinlich durch das heiße Wetter, und Sie haben die Sache verschlimmert, weil Sie weiter damit herumgelaufen sind«, erklärte mir ein Arzt. »Ich verschreibe Ihnen etwas zur Blutverdünnung.«

Mir fiel ein Stein vom Herzen. Den Beipackzettel, der über die zahlreichen Nebenwirkungen aufklärte, las ich mir natürlich nicht durch.

Ein paar Tage, nachdem ich mit der Einnahme der Tabletten begonnen hatte, wachte ich eines Nachts mit blutüberströmtem Bein auf. Auch mein Bettzeug und die Matratze waren voller Blut.

Bob, der bisher in seinem Körbchen fest geschlafen hatte, wachte auf. Er wusste direkt, dass etwas mit mir nicht stimmte, und war sofort an meiner Seite.

»Ich muss ins Krankenhaus«, keuchte ich erschrocken, »und zwar schnell!«

Ich warf mich in Jeans und T-Shirt und rannte aus der Wohnung zur Tottenham High Road, weil ich hoffte, dort noch einen Bus zu erwischen.

Im Krankenhaus wurde ich sofort stationär aufgenommen. Zwei Tage musste ich bleiben, bis sie das richtige Medikament für mich gefunden hatten.

»Wir müssen ein anderes Mittel ausprobieren«, sagte der Arzt. »Das vertragen Sie bestimmt besser.«

Leider zeigte es keinerlei Wirkung, und nach zwei Wochen ging es meinem Bein kein bisschen besser. Trotz meiner hoch professionellen Krücken konnte ich nicht mehr als zwei Schritte machen.

Inzwischen war ich total verzweifelt. Ich versuchte mich schon darauf einzustellen, mein Bein ganz zu verlieren.

Also wieder zurück in die Klinik.

»Bitte, helfen Sie mir!«, flehte ich.

Diesmal wollten sie mich eine ganze Woche dabehalten, um mich gründlich durchzuchecken.

»Ab morgen haben wir ein Bett für Sie frei!«, hieß es.

Das passte mir gar nicht in den Kram, aber ich wusste auch, dass ich in meiner derzeitigen Verfassung sowieso nicht arbeiten konnte. Ich ging also nach Hause und erklärte Belle die Situation.

»Natürlich kümmere ich mich um Bob«, versicherte sie mir. Mir fiel ein Stein vom Herzen. Ich wusste ja, wie wohl er sich bei ihr fühlte. Am nächsten Morgen stand ich auf und packte alles Nötige für meinen Krankenhausaufenthalt in eine Tasche.

Leider kann ich mich nicht gut erholen, wenn ich krank bin. Denn, wenn ich nichts zu tun habe, grüble ich. Die ganze Woche machte ich mir Sorgen um mein Bein, meine Gesundheit, meinen Standort an der Angel Station und – wie immer – um das fehlende Geld. Aber vor allen Dingen zerbrach ich mir den Kopf wegen Bob.

Mir war völlig klar, dass ich ihm in den letzten Wochen nicht der Freund war, den er verdiente. Vielleicht sollten sich unsere Wege trennen. Sollte ich Belle fragen, ob sie ihn behalten würde? Oder den älteren Herrn von nebenan? Für mich wäre es eine Katastrophe, Bob zu verlieren. Er war mein bester Freund, mein Fels in der Brandung. Ich brauchte ihn, um nicht vom rechten Weg abzukommen, und manchmal auch, um nicht durchzudrehen. Aber ich war für ihn verantwortlich und musste die richtige Entscheidung für Bob treffen. Aber wie?

Ich überlegte und quälte mich, bis mir plötzlich klar wurde, dass ich das weder entscheiden konnte noch durfte.

Wie schon das Sprichwort sagt: Die Katze sucht sich ihren Besitzer aus und nicht umgekehrt. Keine Ahnung, was Bob damals in mir gesehen hatte, als er sich entschied, bei mir zu bleiben. Jedenfalls blieb mir auch jetzt nichts anderes übrig, als abzuwarten. Es war ganz allein Bobs Entscheidung.

Ich würde seine Antwort bald bekommen, da war ich ganz sicher.

Kapitel 13

Der letzte Schritt

Die Ärzte im Krankenhaus erhöhten die Dosis meiner Medikamente und wollten mich deshalb noch länger zur Beobachtung dabehalten.

»Nur noch zwei Tage«, sagten sie. »Wir wollen kein Risiko eingehen und sehen, wie es wirkt.«

Die höhere Dosierung zeigte endlich Wirkung, und die Thrombose war dabei abzuklingen. Mein Bein war nicht mehr so stark geschwollen und auch seine normale Hautfarbe kehrte langsam zurück. Als die Ärzte und Krankenschwestern merkten, dass es mir besser ging, scheuchten sie mich gleich aus dem Bett.

»Es ist jetzt nicht mehr gut, wenn Sie den ganzen Tag nur herumliegen, Mr Bowen«, ermahnte mich eine resolute Schwester. »Sie müssen mindestens zweimal täglich im Gang auf und ab laufen.«

Es war ein tolles Gefühl, wieder auftreten zu können, ohne zusammenzuzucken. Es tat zwar immer noch weh, aber es war viel besser.

»Ich glaube, wir können Sie jetzt guten Gewissens entlassen«, hörte ich endlich die langersehnten Worte eines Arztes.

Ich schickte Belle eine SMS mit der guten Nachricht.

»Super!«, schrieb sie zurück. »Ich hole dich ab.«

Bis ich endlich alle Papiere ausgefüllt, mich angezogen und

meine Habseligkeiten zusammengepackt hatte, war es bereits früher Abend.

»Wir treffen uns draußen an der Skulptur«, schrieb mir Belle. »Ich kann leider nicht hineinkommen. Erkläre alles, wenn ich dich sehe.«

Also humpelte ich zum Ausgang Euston Road. Ich hatte andere Patienten über den riesigen, sechs Tonnen schweren, glatt polierten Stein am Eingang lästern gehört. Ich lehnte mich kurz dagegen, um mich nach dem weiten Weg ohne Krücken über mehrere, unendlich lange Krankenhausflure zu erholen.

Da tauchte Belle auch schon an der gegenüberliegenden Bushaltestelle auf. Sie hatte eine große Reisetasche dabei, wahrscheinlich mit frischer Kleidung und meiner Jacke.

Kurz meinte ich, ein rotes Fell in der offenen Tasche aufblitzen zu sehen. Als sie am Fußende der Treppe vor dem Krankenhaus stand, lugte tatsächlich ein wohlbekanntes Kater-Köpfchen aus dem Tascheninneren hervor.

»Bob!«, rief ich erfreut.

Als er meine Stimme hörte, strampelte er sich frei. Wir waren noch ein paar Meter voneinander entfernt, aber er machte sich schon bereit für den Absprung. Er stieß sich von der Tasche ab und hechtete direkt in meine Arme. Es war der athletischste Sprung, den ich je bei ihm gesehen hatte.

»Wooooow, mein Junge«, rief ich überwältigt und stürzte vorwärts, um ihn aufzufangen. Dann drückte ich ihn fest an meine Brust.

Er saugte sich an mir fest wie eine kleine Schnecke an einem Stein, der vom Meer umspült wird. Er schmiegte den Kopf an meinen Hals und rieb seine Wange an meiner.

»Hoffe, du bist mir nicht böse, aber deshalb konnte ich nicht hineinkommen. Ich musste ihn einfach mitbringen«, erklärte mir Belle freudestrahlend. »Als er merkte, dass ich ein paar Sachen für dich zusammenpackte, drehte er komplett durch. Als ob er genau wusste, dass ich dich abholen wollte.«

In diesem Moment waren jegliche Zweifel über unsere gemeinsame Zukunft wie weggeblasen. Auch auf der Heimfahrt im Bus wich Bob mir nicht mehr von der Seite. Er saß auf meinem Schoß, kletterte auf meine Schulter und ließ sich mit den Vorderpfoten auf meiner Brust nieder. Und er hörte gar nicht mehr auf zu schnurren.

Er führte sich auf, als wollte er mich nie wieder loslassen. Und mir ging es genauso.

»Und ich hatte schon Angst, Bob will mich verlassen«, gestand ich Belle.

»Was? Wie kommst du denn darauf?«, lachte sie. »Er hat doch die ganze Zeit nur versucht, dir zu helfen. Hast du das nicht bemerkt?«

Dann erzählte sie mir, wie Bob immer nach mir sah, wenn ich in meinem Zimmer lag und schlief.

»Manchmal hat er dir mit der Pfote an die Stirn getippt und auf deine Reaktion gewartet. Ich glaube, er wollte nur sichergehen, dass du noch lebst«, sagte sie lächelnd.

»Manchmal hat er sich auf dein Bein gelegt«, erzählte sie weiter. »Als ob er so deine Schmerzen lindern könnte. Jedenfalls wollte er dir helfen.«

Ich hatte nichts davon mitbekommen. Stattdessen hatte ich ihn verscheucht, sobald er mir zu nahe kam. Erst da fiel mir auf, wie selbstsüchtig ich mich verhalten hatte. Bob liebte und brauchte mich, genau wie ich ihn. Das durfte ich nie wieder vergessen.

Ein paar Wochen nach meiner Genesung fühlte ich mich stark genug für den letzten Schritt, den bedeutungsvollsten seit Jahren, wenn nicht in meinem ganzen Leben. Die Drogenambulanz war schon viel zu lange mein zweites Zuhause. Als ich dort zum ersten Mal auftauchte, war ich ein Wrack, drogenabhängig und auf dem besten Weg in ein frühes Grab. Aber dank eines hingebungsvollen Teams aus Ärzten, Psychologen und Krankenschwestern ziehe ich mich seither langsam, aber beharrlich aus dem Sumpf. Anfangs nahm ich eine Ersatzdroge, die mir beim Entzug half. Das war gar nicht so schwer, wie ich es mir als Süchtiger immer vorgestellt hatte.

»Sie brauchen es nur noch ein paar Tage zu nehmen, dann sind Sie endlich clean«, hörte ich die langersehnten Worte meines Arztes.

Ich hätte außer mir sein müssen vor Freude. Die Zeit für die »sanfte Landung«, auf die mich ein Therapeut seit Langem vorbereitete, war gekommen. Aber der Gedanke daran machte mich seltsam nervös. Ich hatte ein beklemmendes Gefühl, das sich nicht abschütteln ließ. Wie eine Vorahnung, dass etwas Schreckliches passieren würde.

Bob spürte, dass ich eine Extraportion Liebe und Zuneigung brauchte. Nicht, dass er es übertrieben hätte. Keine nächtlichen Diagnosen oder Pfote auf meiner Stirn, um zu sehen, ob ich noch lebte. Er rückte auf dem Sofa nur etwas näher an mich heran und schmiegte den Kopf etwas öfter als sonst an meinen Nacken.

Etwa eine Woche, nachdem ich mein letztes Rezept eingelöst hatte, nahm ich morgens meine letzte Tablette.

Ich drückte die ovale Pille aus der Aluminiumfolie, legte sie unter meine Zunge, bis sie sich aufgelöst hatte, und spülte die Reste mit einem Glas Wasser hinunter. Die Verpackung zerknüllte ich zu einem Ball, den ich für Bob zum Hinterherjagen auf den Boden warf.

»Hier, Bob, das ist die letzte Subutex-Folie, die du zum Spielen kriegst.«

Ich machte mich auf eine schwierige Nacht mit Entzugserscheinungen wie Albträumen, Halluzinationen und ruhelosem Herumwälzen gefasst. Aber nichts dergleichen geschah. Kaum hatte ich mich hingelegt, schlief ich sofort ein.

Als ich am nächsten Morgen aufwachte, war mein erster Gedanke: *Das war's. Ich bin jetzt clean.*

Ich sah aus dem Fenster auf die Skyline von London. Der Himmel war leider nicht azurblau, aber immerhin wolkenlos. Und er wirkte irgendwie heller.

Ich wusste, dass die kommenden Tage, Wochen, Monate, sogar Jahre nicht immer einfach sein würden. Es würden Zeiten kommen, die mich in Versuchung führen würden, einen seelischen Schmerz zu lindern oder zu betäuben.

Schließlich hatte ich angefangen, Drogen zu nehmen, weil ich einsam war und keine Hoffnung mehr hatte. Aber ich war wild entschlossen, dies nie wieder zu tun. Mein Leben war zwar alles andere als perfekt, aber Millionen Mal besser als damals, als ich in dieser Abhängigkeit gefangen war. Jetzt hatte ich ein Ziel und einen Grund weiterzumachen.

Ab diesem glorreichen Tag sagte ich mir jedes Mal, wenn ich schwach werden wollte: *Halt dich zurück. Du bist nicht mehr obdachlos, du bist nicht allein, und das ist keine hoffnungslose Situation. Du brauchst keine Drogen mehr.*

Etwa einen Monat nach meiner letzten Tablette Subutex wurde ich aus dem Drogen-Rehabilitationsprogramm entlassen.

»Das war unsere letzte Sitzung«, sagte der Therapeut, als er mich aus dem Behandlungszimmer hinausbegleitete. »Lassen Sie mal von sich hören. Ansonsten wünsche ich Ihnen viel Glück und: Gut gemacht.«

Er war ein netter Mann, aber ich bin stolz darauf, dass ich ihn seither nie wiedergesehen habe.

Kapitel 14
Die Nachtwanderung

Wir überquerten die Themse über die Waterloo Bridge nach Süden. Die Lichter der Houses of Parliament und des London Eye leuchteten hell in der dunklen Novembernacht. Um 22:30 Uhr waren immer noch viele Leute unterwegs, aber die meisten waren auf dem Heimweg. Für mich und Bob dagegen war es der Beginn einer sehr, sehr langen Nacht.

Wir waren auf dem Weg zu einer Veranstaltung, die von *The Big Issue* organisiert wurde. »Die große Nachtwanderung«, ein Dreißig-Kilometer-Marsch durch die Straßen Londons, der auf den achtzehnten Geburtstag der Zeitschrift aufmerksam machen sollte.

Der Plan war, ganz normale Menschen gemeinsam mit einer Gruppe *Big-Issue*-Verkäufern zwischen 22:30 Uhr und 7 Uhr morgens durch die leere Innenstadt wandern zu lassen, damit diese aus erster Hand über den Alltag von Obdachlosen erfahren konnten.

Ich hatte mich aus zwei Gründen zur Teilnahme entschlossen. Erstens, weil ich dadurch etwas Geld verdienen konnte: Jeder Verkäufer, der mitmachte, bekam fünfundzwanzig bis dreißig Freiexemplare von den Veranstaltern. Wenn ich die alle verkaufte, hatte ich einen Gewinn von sechzig Pfund.

Zweitens war es eine gute Gelegenheit, unseren Mitmenschen etwas über den Sinn der Zeitschrift und die Lebensumstände der Verkäufer zu erzählen. *The Big Issue* war die Rettung für viele

Obdachlose. Auch mir hatte das Magazin wieder ein Ziel und einen Grund zum Leben gegeben, ganz zu schweigen von dem Geld, das mich über Wasser hielt.

Treffpunkt war das IMAX-Kino auf der Südseite der Waterloo Bridge. Der Ort war gut gewählt. Es war noch nicht lange her, dass diese Gegend das Obdachlosenviertel beherbergte, bei den Londonern besser bekannt als »Cardboard City«, also Pappschachtel-Stadt. In den achtziger und frühen neunziger Jahren war hier das Zuhause von über zweihundert Gestrandeten. Viele von ihnen bauten sich ein Heim aus Holzpaletten und Pappkartons. Einige hatten sogar Wohnzimmer und Schlafzimmer mit Matratzen. Ende 1997 bis Anfang 1998 habe auch ich dort ein paar Nächte verbracht, kurz bevor man alle vertrieben hat, um für das Kino Platz zu machen.

Ich konnte mich nur noch vage an diesen Ort erinnern, aber die Organisatoren hatten im Foyer eine kleine Fotoausstellung über die Geschichte von Cardboard City zusammengestellt. Mit Bob auf der Schulter betrachtete ich die teils unscharfen Schwarz-Weiß-Fotos und suchte nach bekannten Gesichtern. Aber ich suchte an der falschen Stelle.

»Hallo, James«, hörte ich eine weibliche Stimme hinter mir. Ich erkannte sie sofort.

»Hallo, Billie«, antwortete ich und drehte mich zu ihr um.

Billie und ich hatten uns im Jahr 2000 angefreundet, als ich ganz unten war. Wir schlugen uns gemeinsam durch und passten aufeinander auf. Im Winter kauerten wir gemeinsam in den Kälteschutzzelten von diversen Hilfsorganisationen und trotzten so den eisigen Temperaturen.

»Hey! Wie geht's dir, Billie?«, fragte ich.

»Gut! Ich habe mein Leben wieder im Griff.«

Dann erzählte sie mir, wie sie vor zehn Jahren eines Nachts von einem *Big-Issue*-Verkäufer gestört wurde, als sie in der Innenstadt in einer Toreinfahrt schlief.

»Zuerst war ich sauer, dass er mich geweckt hatte«, sagte sie lächelnd. »Ich kannte das Magazin ja nicht einmal. Aber dann habe ich es mir angesehen und die Idee verstanden.«

Für Billie war die *Big Issue* ihre Rettung. Jetzt war sie sogar ein »Posterkind« der gleichnamigen Stiftung.

Bei einer Tasse Tee schwelgten wir in Erinnerungen an die schlechten Tage. Das war gar nicht so einfach, denn mehr als Erinnerungsfetzen bekamen wir beide nicht mehr zusammen. Aber wir haben überlebt. Ganz im Gegensatz zu vielen anderen, die damals gemeinsam mit uns obdachlos waren.

Für Billie war diese Nachtwanderung sehr wichtig. »Das gibt uns die Chance, den Leuten klarzumachen, was wir durchgemacht haben. Heute Nacht müssen sie mit uns da draußen durchhalten«, sagte sie.

Billie hatte auch einen tierischen Freund, einen lebhaften Border Collie namens Solo. Er und Bob beäugten sich zuerst etwas misstrauisch, beschlossen aber schnell, dass der andere ungefährlich war.

Kurz vor 22:30 Uhr kam John Bird an, der Gründer der *Big Issue*. Er hielt eine flammende Rede über den Unterschied, den das Magazin in den vergangenen Jahren gemacht hatte. Inzwischen hatten sich über hundert Menschen und ein paar Dutzend Verkäufer, Vertriebsleiter und Angestellte im IMAX eingefunden. Gemeinsam drängten wir uns hinaus auf die Straße, wo John Bird den Startschuss zur Nachtwanderung gab.

»Drei, zwei, eins«, brüllte er, und alle setzten sich in Bewegung.

»Es geht los, Bob«, ermunterte ich meinen Kater und vergewisserte mich, dass er es auf meiner Schulter auch bequem hatte.

Einerseits hatte ich etwas Angst, dass mein Bein die dreißig Kilometer nicht durchhalten würde, aber andererseits war es so ein gutes Gefühl, ohne Krücken ganz normal laufen zu können. Ich hatte vor, die erste Etappe durch die South Bank und über die Millennium Bridge einfach zu genießen.

Bob zog natürlich gleich wieder viel Aufmerksamkeit auf sich. Um diese Zeit lag er sonst schon immer in seinem kuschelig-warmen Bettchen. Auf meiner Schulter spürte er die Kälte, die von der Themse heraufzog, wohl besonders. Aber ich hatte vorgesorgt und jede Menge Snacks, Wasser und eine Schale für ihn dabei. Die Organisatoren hatten mir versichert, dass an jedem Etappenziel etwas Milch auf Bob warten würde.

Wir geben heute Nacht einfach unser Bestes, nahm ich mir vor.

Kapitel 15
Endstation

Wir liefen mitten in der großen Gruppe der Nachtwanderer an der Themse entlang, um uns herum Studenten, Spendensammler und ein paar ältere Frauen. Es dauerte nicht lange, bis mich eine von ihnen ansprach.

»Woher kommen Sie?«, wollte sie wissen und: »Wie sind Sie auf der Straße gelandet?«

»Ich kam mit achtzehn von Australien nach London«, erzählte ich ihr bereitwillig. »Geboren bin ich in London, aber meine Eltern ließen sich bald scheiden, und meine Mutter nahm mich mit, als sie nach Australien zog. Wir sind sehr oft umgezogen, und ich war ein rebellischer Teenager. Eigentlich kam ich nach London, um ein erfolgreicher Musiker zu werden, aber das hat leider nicht geklappt. Es war der Anfang vom Ende, ich wurde obdachlos, und dann fand ich Arbeit bei der *Big Issue*.«

Nach etwa neunzig Minuten kamen wir am ersten Etappenziel an – dem schwimmenden Restaurant »Hispaniola« an der U-Bahnhaltestelle Embankment auf der Nordseite der Themse.

Ich nahm mir etwas von der angebotenen Suppe, und Bob schlabberte genüsslich eine Schale Milch, die ein netter Helfer tatsächlich für ihn organisiert hatte. Dieser Nachtspaziergang fing an, richtig Spaß zu machen, und ich zählte schon mal die Kilometer, die ich bisher gelaufen war – und wie viele noch vor mir lagen.

Doch als wir das Schiff verließen, gab es einen kleinen Rückschlag. Ich glaube, Bob wollte mein Bein schonen und verließ das Boot auf den eigenen vier Pfoten, anstatt auf meiner Schulter. Als er vor mir her die Rampe hinuntertrottete, stieß er fast mit einem anderen Verkäufer zusammen, der mit seinem Hund, einem Staffordshire Bullterrier, hochkam.

Der Hund ging sofort auf Bob los.

»Hey!«, rief ich erschrocken und sprang mit ausgebreiteten Armen und Beinen dazwischen, um Bob zu schützen.

Diese Hunderasse hat leider einen sehr schlechten Ruf, die Tiere seien sehr aggressiv, aber ich glaube, das traf auf diesen Hund gar nicht zu. Er war nicht bösartig, nur neugierig. Leider hatte Bob sich sehr erschrocken. Danach kuschelte er sich eng an meinen Nacken, der ihm Sicherheit gab, aber auch, um sich vor der klirrenden Kälte zu schützen. Denn von der Themse stieg eisiger Nebel auf.

»Ich glaube, wir gehen besser nach Hause«, sagte ich zu zwei Organisatoren der Nachtwanderung. Ich machte mir Sorgen um Bob, denn es wurde immer kälter.

»Oh bitte, bleibt noch eine Weile«, überredeten sie mich.

Als wir uns vom Flussufer entfernten, wurde es zum Glück etwas wärmer. Wir marschierten Richtung Norden durch das West End. Dabei kam ich mit einem hübschen, blonden Mädchen und ihrem französischen Freund ins Gespräch.

»Wie bist du zu deiner Katze gekommen?«, fragte sie. Diese Geschichte erzählte ich gern, und wir unterhielten uns angeregt auf dem ganzen Streckenabschnitt. Aber nach einer Weile spürte ich den vertrauten Schmerz in meinem Oberschenkel, genau da, wo ich die Venenthrombose hatte. Ich hatte schon mit so etwas gerechnet, trotzdem war es sehr ärgerlich.

Ich ignorierte die Schmerzen eine weitere Stunde. Aber bei jedem Zwischenstopp mit heißem Tee stach der Oberschenkel mehr. Bob und ich fielen immer weiter zurück und hatten irgendwann das Ende der Prozession erreicht. Dann brauchten wir auch noch eine Pause, weil Bob sein Geschäft erledigen musste. Und schon hatten wir den Anschluss verloren.

Das nächste Etappenziel war noch in weiter Ferne. Ich würde das nicht mehr schaffen. Als wir an einer Bushaltestelle von einem Nachtbus Richtung Tottenham vorbeikamen, war die Entscheidung für mich gefallen.

»Was meinst du, Bob, machen wir Schluss für heute?«

Bob gab mir zwar keine Antwort, aber ich wusste auch so, dass er sich nach seinem Bettchen sehnte. Als der Bus kam und seine Türen öffnete, sprang Bob sofort an Bord und auf den nächsten freien Fensterplatz. Er schnurrte behaglich, weil es so schön warm war im Bus.

Der Nachtbus war ganz schön voll, wenn man bedenkt, wie spät es war. Wir waren umgeben von einer Gruppe von Club-Gängern, die noch ganz aufgekratzt waren von ihrem schönen Abend im West End oder wo auch immer sie gewesen waren. Aber da saßen auch ein paar einsame Gestalten, die aussahen, als wären sie auf dem Weg nach Nirgendwo. Diese Art von Nachtfahrten kannte ich nur zu gut und wusste genau, wie ihnen zumute war.

Aber dieses Kapitel meines Lebens war zum Glück vorbei. Heute Nacht fühlte ich mich gut und war zufrieden mit mir. Für viele Leute ist ein Zwanzig-Kilometer-Marsch vielleicht nichts Besonderes, aber für mich war diese Nachtwanderung genauso ein Erfolgserlebnis wie für andere die Teilnahme am London Marathon.

Außerdem hatte ich alte Bekannte wiedergetroffen, allen voran Billie. Ich war so froh, dass sie es auch geschafft hatte. Und es war ein tolles Gefühl, etwas zurückgeben zu können. So viele

Jahre habe ich immer nur Almosen angenommen, weil ich dachte, ich hätte nichts zu geben. Aber der heutige Abend hatte mir gezeigt, dass ich die ganze Zeit falschgelegen hatte. Jeder kann etwas beitragen, auch wenn es noch so unbedeutend erscheint. Vielleicht konnte ich heute Nacht dem einen oder anderen tatsächlich die Augen öffnen über das wahre Leben auf der Straße. Das war gut möglich. Meine Erfahrungen waren etwas wert.

Ich fing langsam an zu begreifen, dass auch ich ein wertvoller Mensch war.

Kapitel 16
Zwei Welten

Ich zog den Vorhang zurück und sah aus dem Fenster. Dicke eisengraue Wolken hingen tief über den Dächern Nordlondons, und Sturmböen rüttelten an den Bäumen. Wenn es je einen Tag gegeben hatte, an dem man besser warm eingekuschelt auf dem Sofa zu Hause bleiben sollte, dann war es dieser. Aber leider konnte ich mir diesen Luxus nicht leisten.

Das Geld war gerade mal wieder extrem knapp. Die Wohnung war eiskalt, weil ich kein Kleingeld mehr für den Gas- und Stromzähler übrig hatte. Bob kuschelte sich nachts schon zu mir ins Bett, weil er die Wärme der Bettdecke brauchte. Kurz, ein freier Tag war einfach nicht drin – ich musste auch heute raus, um Zeitschriften zu verkaufen.

Ob Bob wohl mitkommen würde? Wie immer war es seine Entscheidung, und er traf sie immer in weiser Voraussicht.

Katzen sind – wie sehr viele andere Tiere auch – sehr gut darin, das Wetter und andere Naturereignisse zu »lesen«, und können beispielsweise Erdbeben und Tsunamis vorhersagen. Bob wusste immer schon lange vorher, wenn Regen in der Luft lag. Er hasste es, nass zu werden, und manchmal wollte er nicht mit, obwohl das Wetter gut aussah. Wenn ich dann allein loszog, fing es später immer an zu schütten.

Als ich ihm an diesem Tag Leine und Schal hinhielt, kam er

freudig angelaufen, um sich anziehen zu lassen. Scheinbar hatte ihm sein Wettervorhersage-Instinkt mitgeteilt, dass es keine bösen Überraschungen geben würde.

»Bist du sicher, Bob?«, fragte ich nach. »Ich gehe auch gern allein arbeiten.«

Vorsorglich wählte ich seinen dicksten und wärmsten Schal aus, den ich ihm umband, bevor wir uns in die graue Kälte stürzten.

Sobald ich aus der Haustür trat, fuhr mir der eisige Wind durch die Kleidung und ließ mich zusammenzucken. Bob drückte sich noch enger an meinen Nacken als sonst. Zum Glück kam gleich ein Bus, in den wir einsteigen konnten. Die warme Heizungsluft an meinen Beinen verbesserte meine Laune sofort. Aber nicht sehr lange.

Wir waren noch keine zehn Minuten unterwegs, als die ersten Schneeflocken durch die Luft wirbelten. In wenigen Sekunden war die Welt draußen voller dicker Flocken, die am Boden und auf den Autodächern liegen blieben.

»Das sieht gar nicht gut aus«, sagte ich zu Bob, der völlig vertieft die wunderbare Verwandlung beobachtete, die sich vor dem Busfenster vollzog.

Etwa einen Kilometer vor der Angel Station kam der Verkehr zum Stillstand. Ich stand vor einer schweren Entscheidung. Es würde schwierig werden, bei diesem Wetter ein paar Pfund zu verdienen, aber ich war so pleite, dass ich mir gerade nicht einmal mehr die Busfahrkarte zurück nach Hause leisten konnte, geschweige denn die nötigen Münzen für die Zähler, damit wir das Wochenende in einer warmen Wohnung verbringen konnten.

»Los, Bob, wir laufen besser das letzte Stück, wenn wir heute noch etwas verdienen wollen«, sagte ich widerstrebend.

Wir stiegen aus. Für Bob war es eine neue, faszinierende Welt.

Ich setzte ihn wie immer auf die Schultern, aber er tänzelte nervös hin und her, weil er unbedingt runterwollte.

Als ich nachgab, fiel mir ein, dass Bob zum ersten Mal Schnee sah. Lächelnd beobachtete ich ihn, wie er vorsichtig eine Pfote in die pulverige weiße Masse steckte und dann zurücktrat, um den Abdruck zu bestaunen, den seine Pfote in der unberührten Schneedecke hinterlassen hatte. Einen Moment lang fragte ich mich, wie es wohl wäre, die Welt mit seinen Augen zu sehen. Es muss ihm schon sehr seltsam vorgekommen sein, dass plötzlich alles mit weißen Flocken bedeckt war.

»Komm schon, Kumpel, wir haben nicht den ganzen Tag Zeit«, drängte ich nach ein paar Minuten zum Weitergehen.

Es machte Bob großen Spaß, mit spitzen Pfoten durch die immer höher werdende Schneedecke zu staksen. Es dauerte nicht lange und der Schnee lag so hoch, dass in seinem Bauchfell lauter Schneeklumpen hingen.

»Jetzt reicht's, Kumpel, hoch mit dir«, entschied ich und schnappte ihn mir, um ihn zurück auf meine Schulter zu setzen.

Leider schneite es so stark, dass wir beide in kürzester Zeit schneebedeckt waren und ich Bob und mich alle paar Meter abklopfen musste. Ich versuchte es mit meinem alten, verbogenen Regenschirm aus dem Rucksack, aber bei dem starken Wind brachte das so gut wie gar nichts, und ich gab schnell wieder auf.

»Es hilft alles nichts, Bob, wir brauchen einen Mantel für dich«, sagte ich.

Wir machten im nächsten Laden halt, und am Eingang stampfte ich erst mal den Schnee von meinen Schuhen. Wir jagten der indischen Besitzerin einen Riesenschreck ein, als wir beide so hineinpolterten. Verständlich, denn wir waren bestimmt ein merkwürdiger Anblick.

Aber sie hatte sich schnell wieder gefangen. »Ihr seid aber mutig, bei diesem Wetter da draußen rumzulaufen.« Sie lächelte.

»Mutig? Verrückt würde es wohl eher treffen«, brummte ich verlegen.

Ich wusste nicht so recht, wonach ich eigentlich suchte. Zuerst wollte ich einen neuen Schirm kaufen, aber der war mir zu teuer – ich hatte ja nur noch ein paar Münzen in der Hosentasche. Doch dann kam mir die rettende Idee. Ich ging zu dem Regal mit den Küchenutensilien, wo ich eine kleine Rolle Müllbeutel fand.

»Das wäre ideal, Bob«, flüsterte ich ihm zu.

»Wie viel kostet eine Tüte davon?«, fragte ich die Verkäuferin.

»Leider verkaufen wir die nicht einzeln. Sie müssten schon die ganze Rolle kaufen, und die kostet zwei Pfund.«

So viel wollte und konnte ich nicht ausgeben, weil ich wirklich pleite war. Doch dann entdeckte ich an der Kasse kleine schwarze Plastiktüten für Kunden, die ihre Einkaufstasche vergessen hatten.

»Könnte ich vielleicht eine von denen haben?«, fragte ich.

»Ja, klar«, nickte sie. »Die kosten fünf Cent.«

»Dann nehme ich eine, bitte – und haben Sie vielleicht eine Schere für mich?«

»Eine Schere?«

»Ja, ich will ein Loch in die Tüte schneiden.«

Jetzt sah sie mich an, als wäre ich wirklich verrückt. Aber sie bückte sich unter ihren Ladentisch und reichte mir eine kleine Schere.

»Perfekt«, dankte ich ihr.

Ich umfasste das geschlossene Ende der Tüte mit einer Hand und schnitt einen kleinen Halbkreis aus, der ungefähr die Größe von Bobs Kopf hatte. Dann öffnete ich die Tüte und stülpte sie Bob über. Der improvisierte Poncho saß wie angegossen und bedeckte sowohl seinen Körper als auch seine Beine.

»Ah, jetzt verstehe ich!«, rief die Verkäuferin und lachte. »Sehr clever! Das sollte gehen.«

Wir brauchten eine Viertelstunde bis zur Angel Station. Auf dem Weg dorthin ernteten wir zwar den einen oder anderen schrägen Blick, aber die meisten Passanten waren doch mehr damit beschäftigt, sich selbst durch das heftige Schneetreiben voranzukämpfen.

Es war gar nicht daran zu denken, die Zeitschriften an unserem normalen Standort, draußen vor dem U-Bahnhof, zu verkaufen. Auf dem Boden lag eine dicke, matschige Schneeschicht. Ich stellte mich also mit Bob in die nächste Unterführung, wo auch andere Fahrgäste Unterschlupf suchten.

Ich wollte Bob nicht länger als nötig dieser Kälte aussetzen und legte mich richtig ins Zeug, um meine Magazine zu verkaufen. Zum Glück hatten viele Leute Mitleid mit uns, und mein Stapel Zeitschriften wurde schnell kleiner.

Am späten Nachmittag hatte ich genug Geld verdient, um uns ein bis zwei Tage über Wasser zu halten.

»Jetzt müssen wir nur noch nach Hause kommen«, ermunterte ich Bob, als wir uns auf dem Weg zur Bushaltestelle gegen den eisigen Wind stemmten.

Bei meiner Arbeit auf den Straßen von London traf ich immer wieder Menschen, die scheinbar in einer anderen Welt lebten, obwohl wir in derselben Stadt wohnten. Daran wurde ich ein paar Tage später wieder einmal schmerzlich erinnert.

Da stand ich eines Mittags mit Bob auf der Schulter am Eingang vor der Angel Station, als ich an den Fahrkartenkontrollschranken einen kleinen Aufruhr bemerkte. Eine kleine Gruppe von Leuten stritt sich lautstark mit den Kontrolleuren. Am Ende durften sie scheinbar ohne Bezahlung passieren und liefen in unsere Richtung.

Einen aus der Gruppe, einen großen Mann mit strubbeligen blonden Haaren, erkannte ich sofort. Es war der Bürgermeister von London, Boris Johnson. Er hatte einen kleinen Jungen dabei, wahrscheinlich seinen Sohn, und ein paar gut gekleidete Mitarbeiter. Sie kamen genau auf den Ausgang zu, wo ich stand.

»Wie wär's mit einer *Big Issue,* Mr Johnson?«, fragte ich und hielt dabei eine Zeitschrift hoch.

»Ich habe es ein bisschen eilig«, antwortete er hektisch. »Aber warten Sie …«

Er klopfte seine Taschen ab, holte eine Handvoll Münzen hervor und drückte sie mir in die Hand.

»Hier. Die sind mehr wert als Englische Pfund«, sagte er noch.

In dem Moment hatte ich keine Ahnung, was er damit meinte, aber ich bedankte mich höflich.

»Vielen Dank, dass Sie Bob und mich unterstützen«, sagte ich und händigte ihm eine Zeitschrift aus.

Er nahm sie lächelnd entgegen und machte dabei eine Kopfbewegung Richtung Bob: »Schöne Katze haben Sie da.«

»Oh ja«, gab ich zurück. »Er ist ein Star. Er hat sogar seine eigene Fahrkarte für die Londoner Verkehrsbetriebe.«

»Ist ja unglaublich«, sagte er ehrlich verblüfft, bevor er weiterhastete.

»Tschüss, Mr Johnson«, rief ich ihm noch nach.

Kapitel 17
Ärger auf der Straße

Ich wollte nicht unhöflich sein und nachzählen, als Boris Johnson mir die Münzen in die Hand drückte, aber der Menge und dem Gewicht nach zu urteilen, waren sie bestimmt viel mehr wert als eine *Big-Issue*-Ausgabe.

»Das war aber großzügig von unserem Bürgermeister, was Bob?«, sagte ich und fischte nach den Münzen, die ich vorher schnell in meine Jackentasche gesteckt hatte.

Aber als ich mir den Berg Kleingeld näher ansah, war es schlagartig vorbei mit meiner Freude.

»Oh nein, Bob!«, rief ich enttäuscht. »Er hat mir Schweizer Franken gegeben! Das hat er gemeint, als er sagte ›die sind mehr wert als Englische Pfund‹.«

Wusste er etwa nicht, dass ich mir hier in London leider nichts dafür kaufen konnte? Man kann zwar in allen Banken und Wechselstuben Banknoten eintauschen, aber keine Münzen. Sie waren also vollkommen wertlos für mich.

Es war leider nicht das erste Mal, dass mir das passierte.

Als ich vor ein paar Jahren noch als Straßenmusiker in Covent Garden unterwegs war, drückte mir ein stattlicher Mann mit grauer Mähne eine zusammengeknüllte Banknote in die Hand. Sie war rot und sah nach viel Geld aus, vielleicht sogar fünfzig Pfund. Zumindest war das der einzige rote Geldschein, den ich kannte.

»Hier, guter Mann«, sagte er und lachte mich an.

»Herzlichen Dank«, antwortete ich.

Erst als er außer Sichtweite war, holte ich den Schein hervor, um ihn näher zu betrachten.

Es war kein Fünfziger. Der Schein war zwar rot, aber es war ein bärtiger Mann darauf abgedruckt, den ich noch nie gesehen hatte. Außerdem stand die Zahl 100 darauf und Worte in einer osteuropäischen Sprache. Das einzige Wort, das ich entziffern konnte, war *Srbije*. Keine Ahnung, was das hieß oder was der Schein wert war. Also packte ich mein Zeug zusammen und ging zur Wechselstube auf der anderen Seite des Platzes, die bis spätabends für die Touristen geöffnet war.

»Können Sie mir sagen, was dieser Schein wert ist?«, fragte ich die junge Frau hinter dem Fenster.

Ratlos betrachtete sie den Schein. »Habe ich noch nie gesehen. Ich frage mal nach«, sagte sie und ging nach hinten ins Büro, wo ein älterer Mann saß. Sie zeigte ihm den Schein und kam nach kurzer Beratung zurück.

»Das sind 100 Serbische Dinar«, klärte sie mich auf.

Ich schöpfte kurz Hoffnung.

»Der ist aber leider nur 70 Cent wert, wir können den Schein nicht umtauschen.«

So eine Enttäuschung. Dabei hatte ich gehofft, der Schein könnte Bob und mir ein freies Wochenende bescheren. Aber nein.

Manchmal hatte ich es wirklich satt, mich täglich mit netten Sprüchen auf der Straße durchzuschlagen. Mich von Leuten demütigen zu lassen, die keine Ahnung hatten, wie hart ich arbeiten musste, um genug Geld für etwas zu essen oder für ein Dach über dem Kopf zu haben. Es gab Momente, da war ich kurz davor, zusammenzubrechen und aufzugeben. Ein paar Tage nach der

Begegnung mit unserem Bürgermeister hatte ich diesen Punkt tatsächlich erreicht.

An diesem Tag hörten Bob und ich früher als sonst auf zu arbeiten und nahmen die U-Bahn zur Victoria Station. Auf unserem Weg durch die unterirdischen Tunnelgänge lief Bob an der Leine vor mir her. Er wusste, dass wir meinen Vater besuchen würden, und kannte den Weg.

Seit einigen Monaten traf ich mich wieder regelmäßig mit meinem Vater. Da ich den Großteil meiner Kindheit in Australien verbracht hatte, hatten wir uns nur sehr selten gesehen, aber seit ich den Entzug gemacht hatte, waren wir uns wieder nähergekommen. Seither trafen wir uns öfter mal auf ein paar Drinks in einem Pub an der Victoria Station. Die Bedienung dort war sehr nett und erlaubte mir, Bob mit hineinzuschmuggeln, solange ich ihn vor den anderen Gästen versteckt hielt. Er blieb tatsächlich brav unter dem Tisch liegen und döste. Mein Vater zahlte immer, denn für mich waren sogar die günstigen Preise dort zu teuer.

Er wartete bereits auf mich und begrüßte mich mit dem üblichen Satz: »Na, was gibt's Neues?«

»Nicht viel«, gab ich zur Antwort. »Aber ich habe keine Lust mehr, die *Big Issue* zu verkaufen. Der Job ist zu gefährlich, und London ist voll mit Leuten ohne Herz und Verstand, die sich einen Dreck um ihre Mitmenschen scheren.«

»Du musst dir eine anständige Arbeit suchen, Jamie«, sagte er. (Mein Vater ist der Einzige, der mich so nennt.)

»Das ist leichter gesagt als getan, Dad«, erwiderte ich seufzend.

Mein Vater war ein Arbeitstier und schon sein Leben lang

selbstständig, sein eigener Boss. Er konnte einfach nicht verstehen, warum ich nicht so war wie er. Aber ich muss ihm zugutehalten, dass er immer versucht hat, mir zu helfen – auch wenn es nichts genützt hat. Nach der Trennung von meiner Mutter hatte er wieder geheiratet und noch zwei Kinder bekommen, meine Halbgeschwister Caroline und Anthony. Um die musste er sich auch kümmern; damals wurde die Sache kompliziert.

»Wie wär's mit einem Computerkurs oder so was? Da gibt es doch massenhaft Angebote«, schlug er vor.

Natürlich gab es Fortbildungen wie Sand am Meer, aber für die meisten davon fehlten mir die nötigen Grundvoraussetzungen.

Mein Vater bot an, sich nach einem Job für mich umzuhören. »Aber gerade hat es keiner leicht«, sagte er und hielt mir eine Tageszeitung vor die Nase. »Immer wenn ich in die Zeitung schaue, gibt's nichts als schlechte Nachrichten, überall werden Leute entlassen.«

Ich wusste ja, wie sehr ihn meine Lebenssituation belastete und dass er tief in seinem Inneren dachte, ich würde mich nicht genug bemühen, um etwas daran zu ändern. Ich konnte ihn sogar verstehen, aber er wusste auch nicht genug von meinem Leben, um zu erkennen, dass ich alles tat, was ich konnte – nur eben auf meine Weise.

Um die schlechte Stimmung etwas aufzulockern, redeten wir über seine Familie und meine Halbgeschwister.

»Was machst du an Weihnachten?«, wollte er dann noch wissen.

»Ich werde mit Bob feiern«, antwortete ich. »Wir sind gerne zusammen.«

Mein Vater konnte mit meiner Beziehung zu Bob nichts anfangen. Er streichelte ihn zwar ab und zu und passte auf ihn auf, wenn ich zur Toilette ging. Er bestellte sogar eine Schale Milch für ihn und gab ihm Leckerchen. Aber er war kein echter Katzenliebhaber. Wenn ich davon sprach, wie sehr mir Bob geholfen hat, mein Leben wieder in den Griff zu bekommen, starrte er mich nur ungläubig an. Aber ich nahm ihm das nicht übel.

Wir saßen etwa eineinhalb Stunden beisammen, dann brach er auf, um seine U-Bahn zurück in den Süden von London zu erreichen. Er steckte mir ein paar Pfund »Überbrückungsgeld« zu, und wir vereinbarten einen Termin für unser nächstes Treffen in ein paar Wochen.

»Pass auf dich auf, Jamie«, verabschiedete er sich.

An der Victoria Station war noch ziemlich viel los. Ich hatte ein paar Zeitschriften übrig und beschloss kurzerhand, sie hier noch an den Mann zu bringen. Ich fand einen leeren Verkaufsplatz vor dem Bahnhof und alles lief bestens.

Bob hatte einen vollen Magen und gute Laune. Viele Leute blieben stehen, um ihn zu bewundern. Gerade als ich überlegte, ob ich noch bleiben oder nach Hause fahren sollte, bekamen wir Ärger.

Zwei Männer überquerten die Straße und steuerten auf den Haupteingang des Bahnhofs zu. Ich wusste sofort, dass sie nichts Gutes im Schilde führten. Einen der beiden kannte ich aus der Zeit, als ich noch in Covent Garden die *Big Issue* verkaufte. Seinen Freund hatte ich noch nie gesehen, aber er sah aus wie ein Schläger – ein Riesenkerl mit aufgepumpten Muskeln.

Kurz vor dem Haupteingang drehte der Muskelprotz plötzlich ab und kam geradewegs auf mich zu. Und er war genauso aggressiv, wie er aussah.

»He, du, verschwinde hier«, sagte er und kam mir mit seinem roten Riesenschädel bedrohlich nahe. Sein Atem stank fürchterlich.

Bob spürte sofort, dass da kein netter Mensch vor uns stand, und fauchte ihn an. Ich ließ mich auch nicht einschüchtern und konterte:

»Ich habe das Recht, hier zu verkaufen, und ich bleibe so lange, bis ich mein letztes Magazin losgeworden bin. Ihr verkauft keine Zeitschriften, ihr wollt die Leute nur einschüchtern – das ist unfair. Ihr seid Bettler und Betrüger. Und du zwingst deinen Freund dazu, dieses jämmerliche Spiel mitzumachen und für dich betteln zu gehen.«

»Du hast zwei Minuten, um dein Zeug zu packen und zu verschwinden«, knurrte er unbeeindruckt und pflügte sich seinen Weg durch die Menge zurück zu seinem Kumpel.

Es war viel los vor der Victoria Station, und ich verlor die beiden ein paar Minuten aus den Augen. Ich hatte gehofft, sie hätten sich aus dem Staub gemacht, doch leider war das nicht der Fall.

Plötzlich stand der bullige Fiesling wieder vor mir und schäumte vor Wut.

»Hast du nicht gehört, was ich gesagt habe?«, bellte er, und noch bevor ich Luft holen konnte, hatte er zugeschlagen.

Seine gigantische Faust knallte auf meine Nase. Alles war so schnell gegangen, dass ich keine Chance hatte, auszuweichen oder mich gar zu wehren.

Aus meiner Nase schoss Blut, und Bob miaute entsetzt.

Das war kein Kampf, den ich gewinnen konnte. Natürlich war mal wieder weit und breit keine Polizei zu sehen. Sollte ich es allein mit diesen beiden üblen Gesellen aufnehmen? Auf der Straße zu arbeiten, ist immer mit einem Risiko verbunden, aber manchmal ist es auch richtig gefährlich.

»Los, Bob, wir verschwinden«, sagte ich.

Ich war wütend und verzweifelt. Diese Arbeitsbedingungen

wurden immer unerträglicher für mich. Aber ich hatte keinen Plan B, um diesem Wahnsinn zu entrinnen. Das Gespräch mit meinem Vater über einen anderen Job oder eine Ausbildung war doch lächerlich. Wer würde einem wie mir Arbeit geben und ein annehmbares Gehalt zahlen? An diesem Tag war ich so deprimiert wie selten, denn die nackte Wahrheit tat genauso weh wie meine blutende Nase. Niemand würde mich haben wollen!

Kapitel 18

Zwei coole Kater

Im September 2010, als ich eines Mittags an der Angel Station ankam, wartete Davika auf mich. Sie war eine Aufseherin an den Fahrkartenschranken der U-Bahn und eine gute Freundin von Bob und mir, seit wir dort arbeiteten. Sie hatte immer Leckerchen für Bob dabei oder brachte ihm Wasser, wenn es heiß war. An diesem Tag jedoch überbrachte sie uns eine Nachricht.

»Hallo, James! Da hat jemand nach euch gefragt«, begrüßte sie uns. »Ein Reporter von der Lokalzeitung. Er hat mich gebeten, ihn anzurufen, wenn du mit einem Interview einverstanden wärst.«

Das war nicht das erste Mal, dass wir jemandem aufgefallen waren. Im Internet gab es einige Videos von Bob und mir, die Tausende Leute gesehen haben sollen. Auch ein paar Londoner Blogger hatten schon nette Sachen über uns geschrieben, aber von einer Zeitung hatte sich noch nie jemand für uns interessiert. Das würde ich erst glauben, wenn der Mann vor mir stand.

Und tatsächlich – zwei Tage später wartete der Reporter an der Angel Station auf uns.

»Hallo, James, mein Name ist Peter«, stellte er sich vor. »Darf ich ein Interview für die *Islington Tribune* mit dir machen?«

Er schoss auch ein paar Fotos von Bob auf meiner Schulter vor dem Schild mit der Aufschrift »Angel«. Ich fühlte mich nicht ganz wohl dabei, denn ich war nicht darauf vorbereitet, trug alte

Klamotten und war unrasiert. Aber er war zufrieden mit dem Ergebnis.

Dann unterhielten wir uns noch über meine Vergangenheit, und wie Bob und ich uns gefunden hatten.

»Vielen Dank«, sagte er letztendlich. »Der Artikel steht dann in der nächsten Ausgabe der *Tribune*.«

Ich nahm die Sache nicht ernst. Mit dem Motto »Ich glaube es erst, wenn ich es sehe« war ich bisher immer am besten gefahren.

Ein paar Tage später winkten mich Rita und Lee, die beiden Vertriebsleiter der *Big-Issue*-Verkaufsstelle Islington Green, zu sich.

»Hey, James, ihr seid heute in der Zeitung«, rief Rita und zeigte mir die *Tribune*.

Und tatsächlich, ein halbseitiger Artikel über uns von Peter Gruner. Die Überschrift lautete:

ZWEI COOLE KATER …
DER BIG-ISSUE-VERKÄUFER
UND EIN STREUNER NAMENS BOB

Dann schrieb er:

Seit dem legendären Dick Whittington gab es auf den Straßen von Islington keinen berühmten Mann mit Katze mehr. Der Big-Issue-Verkäufer James Bowen und sein sanftmütiger roter Kater Bob sind unzertrennlich und sorgen für Gesprächsstoff, seit sie das erste Mal vor der U-Bahnhaltestelle Angel aufgetaucht sind. Ihre Geschichte – über die bereits in vielen Blogs im Internet berichtet wird – ist so herzzerreißend, dass es nur eine Frage der Zeit ist, bis daraus ein Hollywoodfilm wird.

Ich musste lachen über so viel journalistische Freiheit. Dick Whittington? Hollywoodfilm? Und außerdem sah ich auf dem Foto mit den Bartstoppeln ganz schrecklich aus. Aber alles in allem war es ein schöner Artikel, das musste ich zugeben.

Also holte ich mir am nächsten Kiosk ein paar Exemplare. Mir war, als würde Bob zweimal hinsehen, als er das Foto von uns in der Zeitung sah. Ich bildete mir ein, dass er für eine Sekunde total verblüfft aussah, so als würde er sagen: »Nein, das kann nicht sein. Echt jetzt?«

Danach wurden wir von vielen Leuten angesprochen, die uns anhand des Zeitungsartikels wiedererkannten. Wildfremde Menschen grüßten uns plötzlich freundlich, nicht nur an der Angel Station, sondern auch im Bus oder auf der Straße.

Eines Morgens, als Bob im Park unterwegs war, um sein Geschäft zu verrichten, tauchten ein paar Schulkinder auf. Sie waren vielleicht neun oder zehn Jahre alt und trugen hübsche blaue Schuluniformen.

»Schaut mal, da ist Bob!«, rief einer der Jungs aufgeregt.

»Wer ist Bob?«, fragte einer seiner Freunde.

»Der Kater da auf der Schulter des Mannes. Er ist berühmt. Meine Mutter sagt, er sieht aus wie Garfield«, erklärte der Junge seinem Freund.

Es war schön, erkannt zu werden, aber den Vergleich mit der weltbekannten Zeichentrickkatze fand ich ziemlich unfair. Garfield war verfressen, faul und hinterhältig. Bob dagegen ist schlank und durchtrainiert, sein Fressverhalten ist normal, und er ist der friedlichste und liebevollste Kater aller Zeiten. Und faul ist er schon gar nicht.

Die bedeutendste Begegnung nach dem Zeitungsartikel hatte ich allerdings mit einer Amerikanerin, mit der ich mich früher schon einmal unterhalten hatte.

»Mein Name ist Mary«, stellte sie sich damals vor, »und ich bin

Literaturagentin. Ich wohne hier in der Nähe und habe euch beide schon oft an der Angel Station gesehen. Kannst du dir vorstellen, über dein Leben mit Bob ein Buch zu schreiben?«

Damals hatte ich ihr gesagt, ich würde darüber nachdenken, aber ehrlich gesagt, hatte ich sie nicht ernst genommen. Wie denn auch? Ich war ein Drogenabhängiger mitten im Entzug und kämpfte mit dem Verkauf der *Big Issue* täglich ums Überleben. Ich führte kein Tagebuch und schrieb nicht einmal SMS. Ich las zwar gerne alles, was mir an Büchern unter die Finger kam. Aber ein Buch zu schreiben war für mich genauso realistisch wie eine Rakete zu bauen und damit ins All zu fliegen.

Zum Glück hatte Mary nicht aufgegeben und mich noch einmal darauf angesprochen.

»Warum triffst du dich nicht mit einem Autor, der Erfahrung darin hat, anderen Leuten zu helfen, ihre Geschichte in Buchform zu bringen?«, schlug sie mir vor. »Ich kenne genau den richtigen. Er hat zwar momentan noch zu tun, aber ich werde dafür sorgen, dass er sich mit dir trifft, sobald er kann.«

Nach dem Artikel in der *Islington Tribune* nahm sie wieder Kontakt auf.

»Möchtest du dich jetzt mit dem Autor treffen, von dem ich dir erzählt habe?«, wollte sie wissen. »Wenn er glaubt, dass eure Geschichte gut genug ist, um ein Buch zu füllen, wird er sich Zeit nehmen, um alles über euch zu erfahren. Er hilft dir auch dabei, eure Geschichte in eine gute Form zu bringen und sie zu schreiben. Dann werde ich versuchen, das Buch an einen Verlag zu verkaufen.«

Für mich klang das alles sehr weit hergeholt.

Ich habe dann wieder eine Weile nichts von ihr gehört, aber gegen Ende November bekam ich einen Anruf des Autors. Sein Name war Garry.

Wir vereinbarten ein Treffen, und er lud mich auf einen Kaffee im Design Centre gegenüber von meinem Verkaufsplatz ein. Da ich Bob dabeihatte, mussten wir in der Eiseskälte draußen sitzen. Bob konnte Menschen besser einschätzen als ich, also ließ ich die beiden absichtlich zwei Mal allein, um zur Toilette zu gehen. Sie verstanden sich prächtig, und das war ein gutes Zeichen.

Mir war klar, dass Garry herausfinden wollte, ob meine Geschichte für ein Buch geeignet war. Mitten im Gespräch sagte er etwas, womit er bei mir einen Nerv traf:

»So wie ich das sehe, waren Bob und du zwei gebrochene Seelen. Ihr habt euch getroffen, als ihr beide ganz unten wart. Ihr habt euch gegenseitig geholfen, euer Leben wieder zu kitten. Und genau das ist es, was du erzählen musst.«

So hatte ich das noch nie gesehen. Natürlich wusste ich, dass Bob eine starke, positive Kraft in meinen Leben war. Ich habe sogar ein Video auf YouTube gesehen, das jemand von uns gefilmt hatte und in dem ich sage, dass Bob mir das Leben gerettet hat – und das ist nicht gelogen. Aber ich konnte mir überhaupt nicht vorstellen, dass unsere Geschichte andere Leute interessieren könnte.

Auch nachdem ich Garry ein zweites Mal zu einem ausführlichen Gespräch getroffen hatte, blieb das ganze Projekt für mich nichts weiter als ein Hirngespinst. Es gab so viele Wenn und Aber und Vielleicht. Wenn Garry und Mary mit mir arbeiten wollten, wäre vielleicht ein Verlag an dem Buch interessiert. Aber ich konnte mir nicht vorstellen, dass alle Voraussetzungen erfüllt werden konnten. Der Advent und das Jahresende standen vor der Tür, und ich musste mir eingestehen, dass ich noch eher an den Weihnachtsmann glauben konnte als an ein Buch über unserer Geschichte.

In der Weihnachtszeit bekamen Bob und ich von vielen Kunden Geschenke. Bobs tollstes Geschenk war ein Adventskalender, gefüllt mit all seinen Lieblingsleckerchen. Er hatte schnell gelernt, mich morgens so lange zu nerven, bis ich das nächste Leckerchen aus dem Kästchen mit der Zahl des Tages herausgeholt hatte.

Außerdem bekamen wir ein wunderschönes Weihnachtskater-Kostüm für Bob geschenkt. In unserer ersten gemeinsamen Adventszeit hatte Belle ihm eines genäht, aber das war leider verloren gegangen. Das neue bestand aus einer kuscheligen roten Jacke und einer dazu passenden Mütze. Die Passanten an der Angel Station waren ganz vernarrt in meinen Weihnachts-Bob.

Am ersten Weihnachtstag spielte Bob wieder länger mit dem Geschenkpapier als mit seinem Geschenk. Ich ließ ihn machen, schaute fern und spielte ein bisschen auf der Xbox. Am Nachmittag kam Belle vorbei. Für mich war es ein wunderbares, harmonisches Familienfest.

Mitte Januar bekam ich einen Anruf von Mary:

»Die Leute eines großen Londoner Verlages, Hodder and Stoughton, wollen dich und natürlich auch Bob kennenlernen.«

Ein paar Tage später fuhr ich mit Bob zu deren Büro, das in einem beeindruckenden Hochhaus in der Nähe der Tottenham Court Road lag. Zuerst wollten die Sicherheitsbeamten am Eingang Bob nicht in das Gebäude lassen. Sie konnten nicht glauben, dass über ihn ein Buch geschrieben werden sollte. Ich verstand ihre Zweifel. Warum in aller Welt sollte ein renommierter Verlag wie Hodder ein Buch über einen verwahrlosten Kerl und seinen roten Kater herausbringen?

Aber letztendlich wurde Bob wie ein kleiner König behandelt. Er bekam eine Tüte voller Leckerchen und Spielzeug und durfte sämtliche Büroräume erkunden. Überall wurde er wie eine kleine

Berühmtheit begrüßt. Handys wurden gezückt, viele Fotos von ihm geschossen und ein riesiges Aufheben um ihn gemacht.

»Ich wusste ja, dass du das Zeug zum Star hast, Bob«, sagte ich grinsend, »aber mir war nicht klar, wie talentiert du wirklich bist.«

Ich dagegen musste an einer langen Besprechung teilnehmen, in der es um alles Mögliche von Marketing und Werbung bis zu Druck und Verkauf ging. Langer Rede kurzer Sinn: Sie hatten eine Zusammenfassung des Materials gelesen, das Garry und ich ausgearbeitet hatten, und sie wollten das Buch tatsächlich herausbringen. Der Verlag hatte sich sogar schon einen Titel ausgedacht: »Bob, der Streuner«.

»Komm doch in den nächsten Tagen zu mir in die Agentur in Chelsea«, sagte Mary, als wir uns verabschiedeten.

Auch das war ein sehr modernes und auf mich fast einschüchternd wirkendes Büro. Es gab ein paar schräge Blicke, als die Mitarbeiter merkten, dass ein *Big-Issue*-Verkäufer mit seiner Katze im Büro stand. Während Bob sich wieder völlig unbedarft auf Entdeckungstour begab, ging Mary mit mir den Vertrag durch, den mir der Verlag anbot.

»Das ist ein gutes Angebot«, erklärte sie mir, »besonders da du ein unbekannter Autor bist.«

Ich vertraute ihr und unterschrieb alles, was sie mir vorlegte. Es war ein seltsames Gefühl, einen echten Vertrag zu unterschreiben, aber auch sehr aufregend.

So etwas passierte schließlich nicht jeden Tag – und schon gar nicht mir.

Kapitel 19

Wie alles begann

Ich traf mich nun regelmäßig ein- bis zweimal die Woche mit Garry in Islington. Das war mir sehr recht, denn so konnte ich danach noch etwas Geld verdienen. Aber es war schwierig – besonders bei schlechtem Wetter –, einen Platz zu finden, wo wir in Ruhe reden konnten, weil Bob immer dabei war. In allen Pubs und Cafés im Umkreis war Katzen der Zutritt verboten, und es war keine Bibliothek in der Nähe. Also suchten wir nach einer anderen Möglichkeit.

Die Ersten, die uns Unterschlupf vor der Kälte anboten, waren die Mitarbeiter der Waterstones Buchhandlung in Islington Green. Sie kannten mich, weil ich oft mit Bob vorbeikam, um mich in der Science-Fiction-Abteilung umzusehen. Alan, der Geschäftsführer, hatte Dienst, als ich eines Tages mit Garry hineinging.

»Wäre es möglich, mit Garry oben in einer ruhigen Ecke zu arbeiten?«, fragte ich ihn.

Er erlaubte es nicht nur, sondern organisierte uns auch noch zwei Stühle und versorgte uns mit Kaffee.

Garry und ich wollten mit dem Buch mehr erreichen, als nur Bobs und meine Geschichte aufzuschreiben. Wir wollten den Leuten einen Einblick in das Leben von Obdachlosen geben. Ihnen zeigen, wie schnell man durch das so genannte soziale Raster fallen kann, und von der Gesellschaft übersehen und vergessen wird. Dafür musste ich leider auch meine dunkle Vergangenheit auspacken.

Vor diesem Teil unserer Abmachung hatte ich schlichtweg Angst. Es fiel mir nicht leicht, über mich zu sprechen, besonders nicht, wenn es um meine Vergangenheit ging. Aber als wir anfingen zu reden, stellte ich überrascht fest, dass es viel weniger schmerzhaft war, als ich befürchtet hatte. Ich musste mich zwar ein paar unangenehmen Wahrheiten stellen, aber letztendlich half es mir, mich selbst etwas besser kennenzulernen.

Ich war bestimmt kein einfacher Gesprächspartner, wenn ich von meiner trotzigen und selbstzerstörerischen Ader erzählte, die mich immer wieder in Schwierigkeiten brachte. Als Kind habe ich alles getan, um mich anzupassen und beliebt zu sein, aber es hat nie geklappt. Ich habe mich zu sehr bemüht und wurde dadurch erst recht zum Außenseiter und immer wieder übel gemobbt.

Aber es gab auch viele wunderbare Menschen, die mir damals geholfen haben. Dafür wollte ich mich bedanken und etwas Gutes tun, also spendete ich einem der Krankenhäuser, in dem ich war, immer mal wieder einen Karton voller Comics. Ich hatte damals einen Job in einem Comicladen und konnte den Inhaber überreden, mir die unverkauften Hefte für die Kinder im Krankenhaus zu überlassen. Weil ich selbst viele Stunden im Spielzimmer dieses Kinderkrankenhauses mit Air Hockey und Videospielen verbracht hatte, wusste ich, dass die Kinder sich über coolen Lesestoff freuen würden.

Alles in allem waren meine Kindheitserinnerungen aber nicht gerade rosig.

Trotz alledem war klar, dass ich weder die Ärzte noch meine Mutter dafür verantwortlich machen konnte, wie sich mein Leben entwickelt hatte. Ich habe meine eigenen Fehler gemacht. Ich habe es ganz allein geschafft, mein Leben in den Sand zu setzen – darin war ich gut und nun auch ganz allein dafür verantwortlich.

Selbst wenn das Buch sonst nichts bewirken konnte, es war meine Chance, zumindest das klarzustellen.

Mein Vater war sprachlos, als ich ihm den Scheck zeigte, den ich als Vorschuss für das Buch bekommen hatte. Sein Gesichtsausdruck spiegelte Überraschung, Freude und Stolz – aber auch leichte Bestürzung wider.

»Das ist eine Menge Kohle, Jamie«, sagte er dann. »Sei bloß vorsichtig damit.«

Ich konnte es selbst noch nicht glauben. Alles war so schnell gegangen: mehrere Treffen mit dem Verlag, Vertragsunterzeichnung, sogar ein paar Zeitungsinterviews. Aber erst als ich diesen Scheck in der Post fand, fing ich an zu begreifen.

Als der Umschlag vor zwei Tagen durch den Briefschlitz gesegelt war, hatte ich ihn aufgemacht und saß dann lange nur da und starrte auf das Stück Papier. Die einzigen Schecks, die ich in den letzten zehn Jahren gesehen hatte, waren vom Sozialamt. Mal fünfzig oder hundert Pfund, niemals mehr als zwei Nullen am Ende.

Für viele meiner Mitmenschen, besonders in London, war es vielleicht gar nicht viel Geld. Eventuell sogar weniger als ein Monatsverdienst für so manchen Pendler, der täglich auf seinem Weg in die Londoner Innenstadt an mir vorbeikam. Aber für mich war es ein Betrag, der mich vor Freude in die Luft springen ließ.

Mit der Ankunft des Schecks stand ich jedoch gleich vor zwei neuen Problemen. Ich bekam sofort Panik, ich könnte das Geld verschwenden, und ich hatte kein Bankkonto, um den Scheck einzulösen. Deshalb war ich zum Haus meines Vaters im Süden von London gefahren.

»Ich dachte, du könntest das Geld für mich aufbewahren«, hatte ich ihn am Telefon gebeten. »Und wenn ich etwas brauche, hole ich es mir von dir.«

Mein Vater war einverstanden. Und er lud mich ein, bei ihm zu Hause vorbeizukommen, anstatt sich wie üblich mit mir an der Victoria Station zu treffen. Wir gingen dann noch in einem Pub in der Nähe seiner Wohnung etwas trinken.

»Und das soll ein richtiges Buch werden?«, fragte er mich skeptisch.

»Was meinst du?«

»Na ja, ist es ein Fotoband oder ein Kinderbuch? Worum soll es darin gehen?«, bohrte er weiter.

»Es geht darin um Bob und mich, und wie wir uns gegenseitig geholfen haben«, erklärte ich.

Man sah ihm an, dass er sich darunter rein gar nichts vorstellen konnte.

»Werden deine Mutter und ich in dem Buch vorkommen?«, wollte er wissen.

»Kann schon sein, dass ihr erwähnt werdet, aber mach dir keine Sorgen. Ich bin der Einzige, der darin schlecht wegkommt«, antwortete ich.

Das beruhigte ihn etwas.

»Wird das jetzt eine längerfristige Beschäftigung? Bücher schreiben?«, versuchte er mich weiter auszuhorchen.

»Nein«, war meine ehrliche Antwort. »Ich werde nicht die neue J.K. Rowling, Dad. Jedes Jahr erscheinen Tausende von Büchern und nur ein paar wenige werden Bestseller. Und ich glaube nicht, dass die Geschichte eines Straßenmusikers und seines roten Streuners die Welt bewegen kann. Es ist ein unerwarteter Glücksfall, mehr nicht.«

»Na, dann musst du aber ganz besonders vorsichtig sein mit dem Geld«, warnte er mich.

Natürlich hatte er da recht. Aber als er anfing, mir einen Vortrag über verschiedene Sparpläne und sinnvolle Investitionsmöglichkeiten zu halten, hörte ich nicht mehr zu.

Kapitel 20

Freud und Leid

Ich habe so viel von Bob gelernt. Er hat mir mehr beigebracht als jeder Mensch, dem ich bisher begegnet bin. Bob hat mir gezeigt, was es heißt, Verantwortung zu übernehmen, nicht immer nur an mich selbst zu denken, und durch ihn durfte ich erfahren, wie es ist, einen Freund zu haben. Dank ihm habe ich sogar angefangen, meine Eltern zu verstehen.

Wie viel Sorgen man sich als Eltern um seine Kinder – oder in meinem Fall eben um seinen Kater – macht. Dauernd fürchte ich, dass er krank wird oder dass ihm etwas passiert, wenn wir unterwegs sind. Also passe ich immer auf ihn auf und achte darauf, dass er genug zu fressen bekommt und es warm hat. So gesehen, ist das Leben mit Bob wie eine Endlosschleife aus Sorgen und Ängsten.

Erst seit ich dieses Gefühl kenne, verstehe ich, warum mein Vater so wütend war, als ich mich nach einem Jahr Funkstille wieder bei ihm gemeldet hatte. Zu der Zeit war ich drogensüchtig und obdachlos gewesen, und meine Eltern wurden fast verrückt vor Angst um mich.

»Du hast ja keine Ahnung, welche Sorgen sich Eltern um ihr Kind machen!«, brüllte er damals durchs Telefon. »Wie selbstsüchtig von dir, dass du dich über Monate nicht bei uns meldest.«

Damals hielt ich seine Reaktion für reichlich übertrieben. Aber seit ich Bob habe, kann ich nachvollziehen, was meine Eltern wegen mir durchgemacht haben. Am liebsten würde ich die Uhr zurückdrehen, um ihnen diesen Kummer zu ersparen.

So viel zu den Nachteilen des Elterndaseins. Denn auf der anderen Seite gibt es so viele schöne Momente, die alles aufwiegen. Lange Zeit fiel es mir sehr schwer, wirklich Freude an meinem Leben zu finden. Aber Bob hat mich gelehrt, wieder glücklich zu sein. Ich denke da an die vielen kleinen, unerwarteten Momente, in denen Bob es schafft, mir ein Lächeln ins Gesicht zu zaubern.

Wie zum Beispiel an jenem Samstag, als es gegen Mittag an der Wohnungstür klopfte und mein Nachbar von gegenüber vor der Tür stand.

»Hallo«, sagte er. »Ich wollte nur sagen, dass deine Katze hier auf dem Flur herumläuft.«

»Die muss jemand anderem gehören. Meine ist zu Hause«, sagte ich. Sicherheitshalber drehte ich mich um und überflog seine Lieblingsplätze im Wohnzimmer. »Bob? Wo bist du?«

Keine Reaktion.

»Also, ich bin ziemlich sicher, dass er hier draußen ist«, sagte der Nachbar. »Ein Roter, oder?«

Ich trat auf den Flur hinaus und tatsächlich: Bob saß auf dem hohen Schrank, presste sein Gesicht gegen die darüberliegende Fensterscheibe und starrte auf die Straße hinunter.

»Da liegt er schon eine ganze Weile, er ist mir vorhin schon aufgefallen«, fügte der Mann noch hinzu, während er zum Aufzug ging.

»Bob!«, rief ich vorwurfsvoll.

Mein Rotpelzchen sah mich an, als wäre ich die schlimmste Spaßbremse aller Zeiten. Sein Gesichtsausdruck war wie eine Einladung: »Warum kommst du nicht her und schaust mit mir aus dem Fenster? Es ist wirklich spannend.«

Belle war zu Besuch und machte sich gerade in der Küche ein Sandwich.

»Hast du Bob rausgelassen?«, fragte ich. »Ich kann mir nicht erklären, wie er sonst auf den Flur hinausgekommen ist.«

»Ich habe vor etwa einer Stunde den Müll nach unten gebracht«, fiel Belle ein. »Da hat er sich wohl unbemerkt an mir vorbeigeschmuggelt und sich irgendwo versteckt, als ich zurückkam. Manchmal würde ich zu gerne wissen, was in seinem kleinen Kopf vorgeht.«

Da musste ich lachen, denn das habe ich mich auch schon oft gefragt.

Es gab nichts Schöneres für Bob, als zuzusehen, was um ihn herum passierte. In der Wohnung saß er gern stundenlang auf dem Fenstersims in der Küche und überwachte das Treiben vor unserer Haustür wie ein kleiner Sicherheitschef.

Er verfolgte die Leute, wie sie auf unser Haus zukamen oder daran vorbeigingen. Wenn jemand zur Haustür abbog, verrenkte er sich den Kopf, bis er die Person aus den Augen verlor. Es war sehr lustig, ihm dabei zuzusehen. Für mich sah es aus, als würde er eine Liste von allen Leuten führen, die zu bestimmten Zeiten in eine bestimmte Richtung liefen.

Sobald jemand vorbeiging, wurde er abgehakt. Etwa so: »Ja, okay, ich kenne dich.« oder »Komm schon, du bist spät dran für den Bus zur Arbeit.« Manchmal wurde er unruhig, so nach dem Motto: »Hey, warte! Dich kenne ich nicht.« oder »Hey, ich habe dich noch nicht überprüft, komm sofort zurück!«

Bob liebte es auch, mit mir Verstecken zu spielen. Ich habe ihn schon in den entlegensten Schlupfwinkeln aufgespürt, Hauptsache es war dort warm.

Eines Abends wollte ich vor dem Schlafengehen noch ein Bad

nehmen. Als ich die Badezimmertür öffnete, hatte ich das Gefühl, sie wäre schwerer als sonst. Sie brauchte einen Extraschubs, um aufzugehen.

Aber ich dachte nicht weiter darüber nach und drehte den Wasserhahn der Badewanne auf. Dann schaute ich in den Spiegel über dem Waschbecken und nahm eine Bewegung auf den Handtüchern wahr, die im Regal auf der Rückwand der Tür lagen. Bob!

»Wie bist du denn da hochgekommen?«, fragte ich lachend.

Er musste auf die Kommode neben der Tür geklettert sein und dann mit einem sehr waghalsigen und gezielten Sprung auf das Türregal mit den Handtüchern gelangt sein. Sein Thron sah ziemlich unbequem und wackelig aus, aber er fühlte sich dort ganz offensichtlich wie ein König.

Ein weiteres Lieblingsversteck war der Wäscheständer, den ich besonders im Winter oft in die Wanne stellte, um meine Wäsche zu trocknen.

Wie oft habe ich mich schon erschrocken, weil sich plötzlich die Kleidungsstücke bewegten. Bob schob die Wäsche wie Vorhänge auseinander und lugte dazwischen hervor, als wolle er sagen: »Kuckuck, da bin ich.« Für ihn war das ein Riesenspaß.

Aber Bobs Streiche brachten ihn auch oft in Schwierigkeiten.

Er hatte eine Vorliebe für Fernseh- und Computerbildschirme. Er konnte sich stundenlang Tierdokumentationen oder Pferderennen ansehen und rührte sich dabei nicht vom Fleck. Als wir eines Tages an dem neuen Apple-Laden in Covent Garden vorbeikamen, wollte ich ihm eine Freude machen und ging mit ihm hinein. Der Laden war vollgestopft mit blank polierten Laptops und iPads, die ich mir nie im Leben leisten könnte. Aber laut Apple-Philosophie durfte jeder in den Laden kommen und die Geräte ausprobieren. Und genau das taten wir.

Wir verbrachten einige Zeit vor den unterschiedlichsten Modellen, surften im Internet und sahen uns Videos auf YouTube an. Dann entdeckte Bob einen Monitor, auf dem ein Aquarium als Bildschirmschoner angezeigt wurde. Farbenprächtige exotische Fische schwammen da an uns vorüber. Kein Wunder, dass Bob begeistert war: Es sah atemberaubend echt aus.

Ich ging mit ihm hinüber zu dem Bildschirm, damit er die faszinierende Unterwasserwelt aus der Nähe bestaunen konnte. Es war wirklich lustig, ihm zuzusehen. Er verfolgte einen bestimmten Fisch, wie er über den Bildschirm schwamm und am anderen Ende von der Bildfläche verschwand. Das war unbegreiflich für Bob, und er quetschte sich hinter den Bildschirm, um ihn dort zu suchen. Dann kam er wieder hervor und verfolgte den nächsten Fisch. Dieses Spiel wiederholte sich mehrmals, bis ich mich kurz wegdrehte und Bob es schaffte, sich mit einer Pfote in einem Kabel zu verheddern. Als er versuchte, sich zu befreien, warf er fast einen der Computer vom Tisch.

»Meine Güte, Bob, was machst du da?«, rief ich entsetzt.

Ein paar Apple-Mitarbeiter standen daneben und lachten sich schief.

»Er ist ein Star, nicht wahr?«, sagte einer von ihnen und grinste.

»Aber wenn er etwas kaputt macht, müssen Sie das leider bezahlen«, warnte mich ein älterer Mitarbeiter.

Angesichts der Preise auf den ausgestellten Geräten befreite ich Bob schnellstens von dem Kabel und verließ den Laden.

Kapitel 21

Mit Bob wird's nie langweilig

Als Bob anfing, mich überallhin zu begleiten, hasste er die steilen Rolltreppen und Aufzüge der Londoner U-Bahn genauso wie die vielen Menschen und das Gedränge in den Stoßzeiten. Aber mit der Zeit hat er diese Angst überwunden … inzwischen sind die Tunnelgänge für ihn ein Abenteuerspielplatz. Er besitzt sogar seinen eigenen Fahrausweis, den er von den Mitarbeitern der Angel Station geschenkt bekommen hat, und benimmt sich da unten wie jeder andere Londoner auf seinen täglichen Fahrten. Er läuft in den Tunneln gern an der Leine vor mir her, wenn auch – wahrscheinlich aus Sicherheitsgründen – eng an der Wand entlang. Wenn wir auf den Bahnsteig kommen, bleibt er vorschriftsmäßig hinter der gelben Linie stehen, und wenn der Zug einfährt, lässt er sich auch von dem ohrenbetäubenden Lärm nicht aus der Ruhe bringen. Dann wartet er geduldig, bis sich die Türen öffnen, springt hinein und sucht sich einen leeren Sitzplatz.

Sogar die hartherzigsten Londoner schmelzen dahin, wenn sie ihn da so sitzen sehen. Sie zücken ihre Handys, fotografieren ihn und verlassen die U-Bahn mit einem Lächeln. Das Leben in London kann furchtbar unpersönlich sein, da ist es immer wieder schön zu sehen, dass Bob für so viele Menschen ein Lichtblick im grauen Alltag ist.

Aber das U-Bahn-Fahren hat auch seine Tücken.

Eines Abends waren wir auf dem Heimweg aus der Innenstadt zur Haltestelle Seven Sisters, die in der Nähe meiner Wohnung liegt. Als wir auf der Rolltreppe nach oben fuhren, merkte ich, dass Bobs Schwanz ganz klebrig war. Eine schwarze teerartige Schmiere hatte nicht nur seinen Schwanz, sondern auch noch eine ganze Körperseite verdreckt.

Keine Ahnung, was das war, aber es sah aus wie Maschinenöl oder dickes Schmierfett. Ich wusste nur, dass dieses Zeug bestimmt nicht gut für Bob war.

Zum Glück tat er instinktiv das Richtige. Obwohl er die Verschmutzung bereits entdeckt hatte, leckte er sie nicht sauber, wie er es sonst immer machte.

Mein Handyguthaben war mal wieder fast aufgebraucht, aber es reichte noch für einen Anruf bei Rosemary, einer Tierärztin, die mir schon mal geholfen hatte, als Bob krank war. Sie mag Bob sehr, und ich konnte mich in Notfällen immer an sie wenden.

»Bob hat so etwas wie Maschinenöl im Pelz«, kam ich gleich zur Sache. »Was soll ich tun?«

»Sofort auswaschen«, riet sie mir. »Motor- oder Schmieröl ist sehr giftig für Katzen. Es kann starke Entzündungen oder Verbrennungen der inneren Organe hervorrufen und zum Beispiel die Lunge schädigen. Es kann Atembeschwerden oder Anfälle auslösen und im schlimmsten Fall sogar tödlich enden.«

»Du machst mir Angst«, sagte ich geschockt.

»Du musst es abwaschen«, wiederholte sie. »Wenn es nicht abgeht, bringst du ihn gleich morgen früh zum Blue Cross oder zu einem anderen Tierarzt. Lässt sich Bob baden?«

Spätestens da teilt sich die Katzenbevölkerung in zwei Gruppen: die Wasserhasser und die Wasserliebhaber. Zum Glück gehört Bob der zweiten Gruppe an, zumindest wenn es um Badewasser geht.

Er liebt nichts mehr, als in die Wanne zu hüpfen, sobald ich das Wasser aufdrehe. Weil ich lieber warm als heiß bade, kann er so lange darin herumpaddeln, bis es ihm zu tief wird.

Es sieht lustig aus – und natürlich auch ziemlich niedlich –, wenn er danach durch die Wohnung läuft und eine Pfote nach der anderen ausschüttelt.

Leider hält er den Badewannenstöpsel für ein begehrenswertes Spielzeug. Immer wieder klaut und versteckt er ihn, sodass ich mir ständig einen Ersatzstöpsel basteln muss, bis ich den richtigen irgendwo im Wohnzimmer wiederfinde, wo Bob damit gespielt hat.

Wenn ich daran denke, verstecke ich den Stöpsel unter einer Tasse, die ich mit einem Gewicht beschwere, damit Bob ihn nicht entführen kann.

Jedenfalls sollte es kein Problem sein, ihn in die Wanne zu locken, um ihm die mysteriöse Schmiere abzuwaschen.

Ich musste ihn nicht einmal festhalten. Als hätte er nur darauf gewartet, ließ er sich von mir mit beiden Händen einseifen. Als ich ihn mit lauwarmem Wasser abduschte, machte er ein total lustiges Gesicht: Es sah aus wie eine Mischung aus Grimasse und wohligem Grinsen. Am Ende rubbelte ich ihn mit einem Handtuch so gut wie möglich trocken. Er genoss es und schnurrte die ganze Zeit zufrieden vor sich hin.

Um ganz sicherzugehen, brachte ich Bob am nächsten Tag zur Blue Cross Ambulanz in Islington. Der Tierarzt versicherte mir, dass ich mir keine Sorgen machen musste.

»Leichter gesagt als getan«, seufzte ich. »Ich mache mir dauernd Sorgen um ihn.«

Vor der Tür fiel mir auf, dass ich gerade wie ein Vater geklungen hatte.

Bob ist zwar inzwischen eine verwöhnte Hauskatze – aber zahm ist er nur bis zu einem gewissen Punkt. Im Herzen war und blieb er ein Streuner.

Ich vermutete, dass sich Bob als kleiner Straßenkater ganz allein durchschlagen musste, bevor ich ihn fand. Aber er ist bestimmt ein waschechter Londoner und überglücklich, wenn er in seiner Stadt auf Entdeckungstour gehen darf. Wenn ich ihn dabei beobachte, denke ich immer an den Spruch: »Du kannst die Katze von der Straße holen, aber du kriegst die Straße nicht aus der Katze.«

Bob hat überall in London seine Lieblingsplätze. An der Angel Station ist es der Islington Memorial Green Park, wo er ohne Leine alle Büsche durchforsten und herumschnüffeln kann, so viel er will. Es gibt da ein paar verwilderte Ecken, wohin er sich gern verdrückt, um ein bisschen allein zu sein und seine Privatsphäre zu haben – obwohl ihm die sonst gar nicht so wichtig ist.

Denn er erkundet genauso gern den Innenhof der Kirche im Stadtteil St. Giles in the Fields an der Tottenham Court Road. Wenn wir von unserer Bushaltestelle auf der Tottenham Court Road Richtung Neal Street und Covent Garden gehen, kann er oft nicht mehr ruhig auf meiner Schulter sitzen bleiben: »Lass uns an der Kirche Pause machen, ich muss unbedingt was nachsehen.«

Der Friedhof an der Kirche St. Giles ist eine Oase der Ruhe mitten in einem der überfülltesten Stadtteile Londons mit vielen Bänken, auf denen man sitzen und die Welt an sich vorbeiziehen lassen kann. Aus einem unerfindlichen Grund ist Bobs Lieblingsplatz für sein Geschäft dort eine Stelle, die von der Straße her gut einsehbar ist. Aber die Flut von Passanten, die praktisch direkt neben ihm vorbeizieht, lässt ihn völlig kalt.

Als wir noch auf der Neal Street arbeiteten, war Bobs Lieblingsklo eine Rasenfläche vor einem Bürogebäude auf der Endell Street. Mehrere Stockwerke mit Konferenzräumen und Büros, aus denen ihn viele Augen beobachten konnten: also auch nicht gerade der privateste Fleck Erde in London. Aber Bob fühlte sich dort wohl und quetschte sich tief ins Gebüsch, wo er alles schnell und sauber vergraben konnte.

Sein Toilettenritual ist Bob genauso heilig wie allen anderen Katzen. Zuerst gräbt er ein Loch, positioniert sich genau darüber und erleichtert sich. Dann kratzt er Erde darüber, um jegliche Beweise zu vernichten. Dabei achtet er sogar darauf, die Fläche wieder zu ebnen, damit bloß keiner auf die Idee kommt, danach zu suchen. Warum machen Katzen das? Irgendwo habe ich gelesen, dass es etwas mit ihrem Revierverhalten zu tun hat.

Wenn wir in Soho unterwegs sind, kommen wir um einen Abstecher in die Grünanlage am Soho Square nicht herum. Dort gibt es ein Hundeverbot, was auch für mich sehr angenehm ist, weil ich da nicht ständig aufpassen muss, wenn Bob frei herumläuft. Außerdem leben in dem Park sehr viele Vögel – ein wahres Schlaraffenland für Katzen. Bob konnte eine gefühlte Ewigkeit reglos und geduckt dasitzen und die Vögel mit weit aufgerissenen Augen beobachten. Dabei gab er kleine aufgeregte Laute von sich: »mja, mja, mja«. Das klang zwar echt süß, war aber wahrscheinlich eher ein genüssliches Schmatzen. Wissenschaftler meinen, dass Katzen ihr Fressverhalten nachahmen, wenn sie mögliche Beute vor sich haben. Praktisch als eine Art Übung, bevor es losgeht.

Wenn ich Bob in einem Park von der Leine lasse, rennt er am liebsten gleich los, um Mäuse, Ratten und andere Kreaturen zu jagen. Eines Tages, als ich gerade im Soho Square Park einen Comic las, kam er stolz mit einem Rattenkopf im Maul angetrabt.

»Igitt, Bob! Davon wirst du aber wirklich krank!«, schimpfte ich.

Aber er wollte das widerliche Ding gar nicht fressen. Er schleppte es in eine ruhige Ecke und spielte damit. Bob wird sonst immer und überall bewundert, aber an diesem Tag zeigte sich nur blankes Entsetzen in den Gesichtern der Parkbesucher, die auf ihn aufmerksam wurden.

Ich gehöre nicht zu den Katzenbesitzern, die ihre Fellnasen für kleine Engel halten. Mir war völlig klar, dass Bob ein Jäger war, und zwar ein verdammt guter. Wenn wir auf einem anderen Kontinent leben würden, hätte ich Angst um ihn. In Teilen der USA, in Australien und Neuseeland gibt es eine nächtliche Ausgangssperre für Katzen. Man behauptet dort, dass Katzen die gesamte Vogelwelt ausrotten würden. In London war das zum Glück kein Thema. Daher durfte Bob auch alles tun, was in seiner Natur lag, solange kein Risiko bestand, dass er sich verletzen könnte.

Dabei hatte dann nicht nur Bob seinen Spaß, sondern meist auch ich.

Eines Tages, als ich mal wieder auf Titchs Hund Prinzessin aufpasste, ging ich mit den beiden in einen kleinen Park, der in der Nähe meiner Wohnung lag.

Ich saß auf einer Bank und hatte Bob an einer extralangen Laufleine, als er plötzlich ein graues Eichhörnchen entdeckte.

Prinzessin hatte es auch entdeckt und schon rasten beide auf das arme Tierchen zu. Das Eichhörnchen flüchtete natürlich auf den nächsten Baum, aber Bob und Prinzessin ließen sich davon nicht entmutigen.

Ich durfte zusehen, wie sie gemeinsam einen Plan ausheckten, um die Beute aus dem Baum zu scheuchen.

Prinzessin bellte immer wieder, um das Eichhörnchen einzuschüchtern. Wenn es zwischen den Blättern auftauchte oder seine

Position wechselte, verschoben auch die beiden unter dem Baum ihre Wachposten. Bob hielt die Stellung auf der einen Seite des Baumes, und Prinzessin deckte den Fluchtweg auf der anderen Seite ab. Geschlagene zwanzig Minuten hofften die beiden, das Eichhörnchen wäre dumm genug, herunterzukommen, bis sie endlich aufgaben.

Bestimmt haben ein paar Spaziergänger gedacht, ich hätte nicht alle Tassen im Schrank, weil ich allein auf der Parkbank saß und leise vor mich hin lachte und jeden Moment dieses einzigartigen Schauspiels genoss.

Kapitel 22
Staatsfeind Nr. 1

Der Sommer stand vor der Tür, und die Mittagssonne war kaum noch auszuhalten. Also suchte ich mir mit Bob ein schattiges Plätzchen vor der Angel Station. Ich hatte ihm gerade eine Schüssel Wasser hingestellt, als zwei Männer auf uns zukamen.

»Hallo. Wir sind Polizeikommissare der Abteilung für Kommunale Sicherheit in Islington. Wie ist Ihr Name?«, fragte mich der ältere der beiden.

»Ähm, James Bowen. Wieso?«

»Mr Bowen, uns liegt eine Anzeige gegen Sie wegen Körperverletzung vor. Wir müssen Sie leider bitten, uns aufs Revier zu begleiten, um ein paar Fragen zu beantworten«, sagte der jüngere. »Es sind nur wenige Minuten zu Fuß von hier.«

Ich war überrascht, wie ruhig ich blieb. Früher hätte ich Panik bekommen, aber seit Bob bei mir war, blieb ich gelassen. Schließlich war ich mir keiner Schuld bewusst und hatte kein Problem damit, den Polizisten bei ihren Ermittlungen zu helfen. Trotzdem überschlugen sich meine Gedanken auf dem Weg zur Wache. Ich hätte zu gerne gewusst, wer mich da beschuldigte, und mir fielen auch gleich mehrere Kandidaten ein.

Die naheliegendste Erklärung war, dass mir jemand einfach nur den Tag vermiesen wollte. Leider kam das ziemlich häufig vor. So mancher *Big-Issue*-Kollege, der auf meinen Standort scharf war, wäre zu so einer Gemeinheit fähig. Ich hatte aus dem Platz an der U-Bahnhaltestelle Angel, der eigentlich als schwierig verrufen war, einen Verkaufsschlager gemacht, und es gab einige Konkurrenten, die ihn gerne übernommen hätten. Das war zwar ein sehr schäbiger Trick, aber er funktionierte.

Natürlich wäre es auch möglich, dass jemand versuchte, meinem Buch zu schaden. Inzwischen wusste die ganze *Big-Issue*-Gemeinde davon. Diverse Zeitungen hatten unsere Geschichte aufgegriffen, und ich hatte von den Kollegen viel Nettes, aber auch einige negative Kommentare zu hören bekommen.

Manche meinten sogar, man müsse mir verbieten, weiterhin die Zeitschrift zu verkaufen. Wie dumm von mir, zu glauben, ich könnte mit dem Buch etwas Gutes für die *Big Issue* und ihre Verkäufer bewirken. Stattdessen machten sie mich zum »Staatsfeind Nr. 1«.

Noch vor Ankunft auf der Polizeistation hatten sich die beiden Gesetzeshüter mit Bob angefreundet. Sie waren sehr angetan von ihm.

»Dann wollen wir uns erst mal um Bob kümmern, bevor wir uns unterhalten«, sagte der ältere Kommissar, als wir das Revier betraten.

Sie holten eine junge blonde Polizistin dazu. Bob schien sie auf Anhieb zu mögen, denn er schmiegte gleich seinen Kopf in ihre Hand und schnurrte.

»Meinen Sie, ich kann ihn hochheben?«, fragte sie mich.

»Probieren Sie es ruhig«, ermutigte ich sie, weil ich sah, dass er sie mochte.

Er ließ sich tatsächlich von ihr auf den Arm nehmen.

»Komm mit, Bob, wir schauen mal nach, ob wir etwas Leckeres für dich finden«, sagte sie.

Ich sah den beiden nach, wie sie hinter dem Empfangsbereich

in einem großen Büroraum mit mehreren Schreibtischen, Kopierern und Faxgeräten verschwanden. Bob war sehr beeindruckt von all den blinkenden Lichtern und ratternden Maschinen, das gefiel meinem neugierigen Freund. Beruhigt folgte ich den beiden Polizisten in die obere Etage.

»Keine Angst, bei Gillian ist er wirklich gut aufgehoben«, meinte der jüngere Polizist, als wir durch ein paar Glastüren in den Befragungsraum gingen. Ich war sicher, er hatte recht.

Wir setzten uns an einen Tisch, und sie stellten ihre Fragen.

»Waren Sie gestern in der Nähe dieser Adresse in Islington?«

»Ich würde ja gerne helfen, aber ich weiß wirklich nicht, worum es hier geht«, antwortete ich.

Nach zehn Minuten war alles gesagt.

»Gut, Mr Bowen, wir müssen Ihre Angaben überprüfen. Bitte warten Sie hier«, bat mich der jüngere Polizist höflich.

Es dauerte ziemlich lange, und ich wurde immer ungeduldiger, denn ich wollte zurück zu Bob und zur Arbeit. Als mir ein anderer Mitarbeiter eine Tasse Tee brachte, fragte ich nach Bob.

»Oh, dem geht es gut. Er ist immer noch bei Gillian«, beruhigte er mich.

Nach einer gefühlten Ewigkeit kamen die beiden Kommissare zurück und entschuldigten sich:

»Es tut uns leid«, sagte der ältere. »Da hat jemand Ihre und unsere Zeit vergeudet. Die Person, die Sie am Telefon beschuldigt hat, war nicht bereit zu einer offiziellen Aussage hier auf der Wache. Und ohne Zeugenaussage gibt es auch keine Anklage.«

Ich war erleichtert und wütend zugleich. Aber sollte ich eine offizielle Beschwerde einreichen, wo alle so nett zu mir waren? Das hätte mich noch mehr Zeit gekostet. Ich wollte nur noch zu Bob. Was hatten sie wohl all die Stunden mit ihm gemacht?

Am Empfang im Eingangsbereich sollte ich mich noch austragen. Dort wartete Bob bereits mit Gillian auf mich. Er sah genauso munter und zufrieden aus wie vor Stunden, als sie uns getrennt hatten. Aber sobald er mich sah, schlug sein Schwanz aufgeregt hin und her, und er stellte die Ohren auf. Dann sprang er mir in die Arme.

»Aber hallo! Da ist aber jemand glücklich, Sie zu sehen«, sagte Gillian beeindruckt.

»War er denn brav?«, wollte ich wissen.

»Mehr als das, nicht wahr, Bob?«, bestätigte sie. »Ich war noch schnell im Supermarkt und habe Katzenmilch, einen Beutel Nassfutter und Leckerchen für ihn geholt.«

Kein Wunder, dass er so zufrieden ist, dachte ich.

»Normalerweise hätte Bob im Zwinger für herrenlose Hunde auf Sie warten müssen«, erklärte mir Gillian. »Und wenn wir Sie über Nacht hierbehalten hätten, wäre ihm das wohl leider nicht erspart geblieben.«

Als ich endlich draußen war, ging bereits die Sonne unter. Den ganzen Tag hatte ich mir den Kopf zerbrochen, ob jemand meinen Verkaufsplatz übernommen hatte. Deshalb ging ich sofort zurück zur Angel Station, aber zu meiner großen Erleichterung war mein Platz leer.

»Alles klar, James?«, fragte mich einer der Blumenhändler.

»Ja, nur ein schlechter Scherz«, erzählte ich ihm leicht verstimmt. »Jemand hat mich wegen Körperverletzung angezeigt.«

»Wirklich? Was ist nur los mit den Leuten?«, fragte er kopfschüttelnd.

Eine gute Frage.

Etwa eine Woche später kam eine attraktive blonde Frau auf uns zu, als Bob und ich kurz vor der Feierabendzeit Magazine verkauften. Bob erkannte sie offenbar wieder und streckte ihr den Kopf entgegen, als sie sich vor ihm hinkniete.

»Sie erinnern sich nicht an mich, oder?«, fragte sie, während sie Bob streichelte und kraulte. »Die Polizeiwache an der Tolpuddle Street letzte Woche? Ich habe auf Bob aufgepasst.«

»Ja natürlich, tut mir leid«, stotterte ich beschämt. »Gillian, stimmt's?«

»Sieht aus, als ginge es Ihnen beiden bestens«, stellte sie fest. »Letzte Woche hatten wir ja keine Gelegenheit, uns zu unterhalten. Wie haben Sie beide sich eigentlich gefunden?«

Als ich ihr von unserer Anfangszeit erzählte, lächelte sie die ganze Zeit und lachte sogar ein paarmal laut auf.

»Das klingt ja sehr nach Seelenverwandtschaft«, meinte sie schmunzelnd.

Als sie merkte, dass ich immer mehr zu tun bekam, verabschiedete sie sich schnell.

»Ich besuche Sie bald wieder, wenn ich darf«, rief sie mir noch zu.

»Jederzeit«, antwortete ich.

Von da an kam sie ziemlich regelmäßig und so gut wie nie ohne ein Geschenk für Bob. Der hatte sie ja schon seit dem ersten Zusammentreffen sehr in sein kleines Katerherz geschlossen.

Aber Gillian war auch nett zu mir. Sie brachte mir Kaffee mit, ein Sandwich oder Kuchen aus einer Bäckerei in der Nähe, und wir plauderten immer ein bisschen. Dabei erzählte ich ihr auch von meinem Buch und dass es mir momentan mehr Ärger einbrachte, als ich es je für möglich gehalten hätte.

»Ach, kümmere dich nicht darum. Die Menschen sind immer neidisch auf den Erfolg der anderen«, tröstete sie mich. »Das klingt wirklich spannend. Deine Familie und Freunde sind bestimmt sehr stolz auf dich.«

»Ja, klar«, murmelte ich und lächelte verlegen. Schließlich hatte ich keine Freunde. Außer Belle gab es niemanden, an den ich mich wenden konnte. Ich hatte Bob, aber das war's dann auch.

Zum Teil hatte ich mir das selbst zuzuschreiben. Es lag an dem Umfeld, in dem ich mich in den letzten zehn Jahren bewegt hatte. Aber auch seit ich clean bin, fällt es mir immer noch extrem schwer, Freundschaften zu schließen. Ich traue Fremden einfach nicht über den Weg. Die Ereignisse der letzten beiden Wochen hatten mich in meinem Argwohn wieder bestätigt. Jemand hatte falsche Anschuldigungen gegen mich erhoben, und das konnte jeder sein, mit dem ich täglich zu tun hatte. Vielleicht war es sogar jemand, den ich zu meinen »Freunden« auf der Straße zählte.

Ich sah zu, wie Bob vertrauensvoll mit Gillian schmuste und wünschte mir, dass mein Leben so einfach und unkompliziert wäre wie seines. Er hatte sie unter seltsamen Umständen getroffen und doch gespürt, dass sie ein guter Mensch war. Er hat ihr sofort vertraut wie einem guten Freund.

Es würde mir verdammt schwerfallen, aber ich nahm mir fest vor, in Zukunft nicht mehr so misstrauisch zu sein und neuen Bekanntschaften schneller zu vertrauen, wie Bob es vormachte.

Aber zuerst musste ich mein Leben ändern. Ich musste weg von der Straße.

Kapitel 23

Stolz und Vorurteil

Es war der erste Samstag im Juli, Christopher Street Day, und buntes Partyvolk verstopfte die Straßen der Londoner Innenstadt. Die Sonne schien und hatte noch mehr Teilnehmer hervorgelockt als sonst. In den Nachrichten hatte ich gehört, dass mehr als eine Million Menschen unterwegs waren, um die Parade der aufwendig geschmückten Wagen mit Tänzern in spektakulären Kostümen anzugucken, die sich vom Oxford Circus über die Regent Street bis zum Trafalgar Square entlangschlängelte.

Ich wollte zwei Fliegen mit einer Klappe schlagen. Deshalb suchte ich mir einen leeren Verkaufsplatz an der Oxford Street neben der U-Bahnhaltestelle Oxford Circus. Dort konnte ich mir das verrückte Treiben ansehen und dabei meine Zeitschriften verkaufen.

Das war ein lukrativer Arbeitstag für alle *Big-Issue*-Verkäufer, und als »Besucher« aus Islington war ich sehr vorsichtig und beachtete alle Regeln. Ich passte besonders auf, dass mir keiner »Flanieren« vorwerfen konnte – so nennt man bei uns das verbotene Verkaufen von Zeitungen, wenn man unterwegs ist. Wegen dieses »Vergehens« hatte ich schon einmal großen Ärger bekommen, und das wollte ich nicht noch mal erleben.

In diesem Jahr waren vier- bis fünfmal so viele Zuschauer gekommen wie im Vorjahr. Alle waren gut drauf, auch Bob.

Er war Menschenmassen inzwischen gewöhnt. Früher hatte er schon mal Angst vor Leuten in seltsamen Kostümen. Aber mit den Jahren, die er mit mir auf den Straßen von London verbracht hatte, war seine Furcht verschwunden. Er hatte so viel gesehen: verrückte, silber bemalte menschliche Statuen, französische Feuerschlucker und gigantische Drachen beim chinesischen Neujahrsfest.

Am Christopher Street Day gab es die verrücktesten Kostüme, die lautesten Blasinstrumente und die schrillsten Pfeifen. Aber Bob ließ sich durch nichts aus der Ruhe bringen. Er saß sicher auf meiner Schulter, beobachtete interessiert die Partystimmung und genoss die Aufmerksamkeit, die er von den vorbeiziehenden Passanten bekam. Erstaunlich viele kannten seinen Namen und wollten ein Selfie mit uns beiden machen. Ein oder zwei Leute sagten sogar, sie freuten sich schon auf unser Buch.

»Das muss aber erst noch geschrieben werden«, witzelte ich, um meine Freude zu überspielen.

Als die Parade am späten Nachmittag zu Ende ging, machten wir uns auf den Weg zum Soho Square. Plötzlich tippte mir jemand auf die Schulter. Als ich mich umdrehte, stand Holly, eine *Big-Issue*-Kontrolleurin, vor mir.

»James, du flanierst«, sagte sie.

»Nein, tue ich nicht«, protestierte ich.

»Aber natürlich, James. Ich habe es genau gesehen«, beharrte sie. »Das muss ich leider melden.«

Ich hatte nicht vor, mir von Holly den Tag verderben zu lassen, und ließ mich schnell wieder von der guten Stimmung um uns herum mitreißen.

Erst am darauffolgenden Mittwoch holte mich das dicke Ende der Geschichte ein.

Als ich gegen Mittag in Islington ankam, wollte ich mir von

Rita, der Vertriebsleiterin für diesen Stadtteil, einen neuen Stapel Magazine holen.

»Tut mir leid, James«, erklärte sie mir. »Ich darf dir keine verkaufen. Anscheinend hat dich jemand im West End beim Flanieren erwischt. Du kennst die Regel. Du musst dich im Büro in Vauxhall melden.«

Ich konnte es nicht fassen! Zum einen war es eine bodenlose Frechheit, mir Flanieren vorzuwerfen, zum anderen hatte ich überhaupt keine Lust auf den weiten Weg bis nach Vauxhall. Aber ich wollte meinen Platz an der Angel Station unbedingt behalten. Vom Buch allein würde ich nicht leben können, und deshalb durfte ich mein regelmäßiges Einkommen als *Big-Issue*-Verkäufer auf keinen Fall verlieren.

Im Verwaltungsgebäude der *Big Issue* saß ich erst mal eine halbe Stunde herum, bevor sich ein Vorgesetzter für mich Zeit nahm.

»Tut mir leid, James, aber wir werden dir für einen Monat die Verkaufslizenz entziehen müssen. Eine Kontrolleurin hat dich in Soho beim Flanieren erwischt«, kam dieser dann auch gleich zur Sache.

Ich versuchte zwar, das Missverständnis aufzuklären, aber er ließ sich nicht umstimmen. Mir blieb nichts anderes übrig, als die Arbeitssperre zu akzeptieren. Also unterzeichnete ich die nötigen Papiere, gab meinen Ausweis und die Verkäuferjacke ab und fuhr nach Hause. Ich kochte vor Wut, weil es so ungerecht war, aber ich musste mich damit abfinden.

»Da können wir nichts machen, Bob«, seufzte ich. »Wie heißt das Sprichwort? Der Ehrliche ist oft der Dumme – und Dummheit muss bestraft werden.«

Ich nahm mir vor, meine Zwangspause zu nutzen, um am Buch zu schreiben und nebenbei als Straßenmusiker zu arbeiten.

Nach Ablauf meiner Sperrfrist fuhr ich wieder ins *Big-Issue*-Büro und bekam meinen Ausweis und die rote Weste zurück. Ich kaufte gleich noch einen Stapel Magazine und fuhr zur Angel Station.

»Wir sind wieder im Geschäft, Bob«, sagte ich zu ihm, als wir mit dem Bus über die Themse fuhren.

Als wir ankamen, war unser Verkaufsplatz leer, genau wie ich gehofft hatte. Ich breitete meine Sachen aus und fing an zu arbeiten.

Eine halbe Stunde später tauchte ein anderer Verkäufer auf. Ich kannte ihn vom Sehen. Er war noch nicht lange bei der *Big Issue* und hatte immer einen verwahrlosten, grantigen alten Hund bei sich.

»Was tust du hier? Das ist mein Platz«, fuhr er mich an.

»Wie kommst du denn darauf?«, fragte ich verblüfft. »Ich arbeite hier schon seit über einem Jahr.«

»Das mag ja früher dein Platz gewesen sein, aber jetzt ist es meiner«, knurrte er schlecht gelaunt. »Geh und rede mit Rita. Die wird dich schon aufklären.«

»Das mache ich auch, Kumpel, darauf kannst du dich verlassen«, giftete ich und marschierte wutentbrannt über die High Street zum Verteilerstand in Islington Green.

Aber beim Anblick von Ritas verlegener Miene wusste ich, dass etwas faul war.

»Oh, hallo, James«, murmelte sie und vermied es, mir in die Augen zu sehen. »Da hat mich jemand in Vauxhall übergangen und dem neuen Verkäufer deinen alten Platz zugeteilt. Ich konnte nichts dagegen tun.«

Ich war fassungslos.

Auch wenn das jetzt eingebildet klingt, aber ich hatte diesen Platz zur Goldgrube gemacht. Bevor ich dort anfing, wollte niemand dort arbeiten. Es hieß, die Leute wären vor dem U-Bahnhof zu sehr in Eile, um bei einem Verkäufer stehen zu bleiben und eine Zeitschrift zu kaufen. Aber mir war es – natürlich nur mit Bobs Hilfe – gelungen, diesen Verkaufsplatz erfolgreich zu machen. Sogar die verbiesterten Kontrolleure waren beeindruckt, wie viele Leute bei uns stehen blieben und wie gut unsere Verkaufszahlen waren.

»Das glaube ich einfach nicht! Wieso haben sie mir das angetan?«, fragte ich schockiert. »Wegen meinem Buch vielleicht? Meinen die etwa, ich brauche kein geregeltes Einkommen mehr? Wenn das der Grund ist, liegen sie total falsch. Das Buch ist doch nur ein Tropfen auf den heißen Stein und hält mich nicht für lange Zeit über Wasser.«

Rita schüttelte nur den Kopf bei meinem Ausbruch und wusste nichts anderes zu sagen als: »Ich weiß es nicht.« oder »Es tut mir leid!«

Letztendlich stürmte ich mit Bob auf der Schulter wütend davon.

Ich bin nicht gerade stolz auf das, was ich als Nächstes tat, aber ich fühlte mich wirklich betrogen und ungerecht behandelt, weshalb ich die Angelegenheit auf meine Weise regeln wollte.

Ich marschierte zurück an die Angel Station und baute mich vor meinem Nachfolger auf.

»Ich gebe dir zwanzig Pfund für den Platz, okay?«

Einen Moment lang starrte er den Schein an, dann schnappte er danach, packte sein Zeug zusammen und räumte das Feld.

Aber nach zehn Minuten war er wieder da – mit Holly im Schlepptau.

»James, du hast hier nichts mehr zu suchen«, keifte sie mich an.

»Doch, ich habe dem Kerl gerade zwanzig Pfund dafür gegeben«, antwortete ich patzig.

»So läuft das aber nicht, und das weißt du auch, James«, sagte sie betont ruhig.

Ich schüttelte nur noch ungläubig den Kopf. Hatte ich mich wirklich so danebenbenommen? War ich tatsächlich so unbeliebt in der *Big-Issue*-Gemeinschaft? Wie sollte ich mir sonst erklären, dass sich scheinbar alle gegen mich verschworen hatten.

»Okay, dann gib mir meine zwanzig Pfund zurück«, forderte ich diese Memme neben Holly auf.

»Nein, deinetwegen habe ich heute noch nichts verdient«, meckerte er.

Er hatte das Geld bestimmt noch nicht ausgegeben, aber ich konnte ihn auch nicht zwingen, meine Kohle wieder herauszurücken. Ich hatte verloren, aber so leicht wollte ich es ihm nicht machen. Also stellte ich mich ein paar Meter weiter hin und fing an, Gitarre zu spielen. Das war zwar verboten, aber in diesem Moment war mir alles egal.

Natürlich rückte mir Holly sofort wieder auf die Pelle. Diesmal mit einem Kollegen und einem Polizisten als Verstärkung.

»Ich muss Sie bitten, weiterzugehen, Sir, oder Sie bekommen eine Verwarnung«, forderte mich der Gesetzeshüter auf.

»Für dieses Benehmen wirst du wieder gesperrt, das ist dir doch klar, James«, schimpfte Holly.

Das Maß war voll, und ihr Geschwafel interessierte mich nicht mehr. Ich hatte einen Entschluss gefasst: Ab sofort wollte ich nichts mehr mit der *Big-Issue*-Organisation zu tun haben. Auch wenn ich dabei ein mulmiges Gefühl im Magen hatte, schließlich hatte mir dieser Job wirklich gutgetan. Aber mit dieser »Versetzung« über meinen Kopf hinweg waren sie zu weit gegangen. Ich war zutiefst verletzt.

Natürlich hatte ich überreagiert und die Nerven verloren, als ich auf diese Weise herausfand, dass mein Stammplatz einfach so an jemand anderen vergeben worden war. Ich fühlte mich verraten und verkauft, besonders, weil Bob und ich inzwischen so etwas wie inoffizielle Botschafter des Magazins waren. All die Zeitungsartikel über Bob und mich in der *Islington Tribune* und im *Camden Journal*. Sogar der *Independent* hatte über uns geschrieben. Und alle hatten erwähnt, dass ich als *Big-Issue*-Verkäufer arbeitete. Es war genau die Art von positiver Berichterstattung, die sich die Macher des Magazins wünschten. Wir waren das lebende Beispiel ihres Leitspruchs: Sie hatten mir geholfen, mir selbst zu helfen. Oder zumindest glaubte ich das bisher.

Ich musste mich fragen, ob unser Bekanntheitsgrad in London ein zweischneidiges Schwert war. Aber das war nun auch egal, ich wusste, was zu tun war: Ich sparte mir den Weg nach Vauxhall, um eine sechsmonatige Sperre zu unterschreiben. Was mich betraf, hatte ich meine letzte *Big Issue* verkauft. Ich hatte keine Lust mehr auf eine Firmenpolitik, die Menschen zu Lug und Betrug zwang und die – was mich am meisten beunruhigte – mich auf ihr Niveau hinunterzog.

Ab sofort wollte ich mich nur noch um Bob, mein Buch und all die anderen Dinge kümmern, die mir guttaten und das Beste aus mir herausholten.

Kapitel 24
Mein Retter

Das Drama um meinen Stammplatz an der Angel Station hat lange an mir genagt. Ich zweifelte zwar nicht daran, dass ich die richtige Entscheidung getroffen hatte, aber es gab Momente, in denen ich kaum mehr Luft bekam, weil ich mir solche Sorgen um Bobs und mein Auskommen machte.

Ich brauchte eine ganze Woche, um mich aus diesem Tief wieder herauszuziehen.

»Hör endlich auf zu grübeln«, schimpfte ich mit mir. »Raff dich auf und konzentriere dich auf die schönen Seiten des Lebens und auf dein Buch.«

Nachdem Garry und ich das Manuskript eingereicht hatten, fürchtete ich immer noch, dass mich der Verlag anrufen und absagen würde: »Es tut uns leid, wir haben uns geirrt.« Aber nichts dergleichen geschah.

Stattdessen teilten sie mir mit: »Wir werden es im nächsten Frühjahr herausbringen. Im März.«

Jetzt hatte ich wieder ein Ziel, aber bis dahin musste ich weiter Geld verdienen. Also zurück zur Straßenmusik und nach Covent Garden.

Gerne tat ich das nicht, denn nach zwei Jahren als Zeitungsverkäufer war das ein klarer Rückschritt. Auch meine Stimme hatte gelitten. Wenn man den ganzen Tag »*Big Issue! Big Issue!*« schreit und dabei versucht, sich im Getümmel von Passanten Gehör zu verschaffen, ist das viel schlimmer für die Stimme als ein paar melodische Songs. Auch an das Gitarrespielen musste ich mich erst wieder gewöhnen. Die Hornhaut auf meinen Fingerkuppen war nicht mehr vorhanden.

Aber die neue Situation hatte auch ihre Vorteile, und ich versuchte, sie mir immer wieder vor Augen zu führen.

Das Beste an der Straßenmusik war die wiedergewonnene Unabhängigkeit. Die *Big Issue* hatte mir wirklich sehr geholfen und mir einen festen Tagesablauf gegeben. Ohne diesen Job wäre ich wohl nie gefragt worden, ob ich ein Buch schreiben wollte. Aber es war mir nicht leichtgefallen, mich all diesen Regeln der Organisation zu unterwerfen. Mit Autorität hatte ich schon immer meine Schwierigkeiten.

Es war so ein gutes Gefühl, wieder mein eigener Herr zu sein. Ich war wieder frei, mein eigener Boss.

Unser neuer Bekanntheitsgrad war auch sehr hilfreich. Die verschiedenen Zeitungsartikel und das Internet hatten uns zu einer kleinen Berühmtheit gemacht.

Gleich am ersten Tag, als ich mit Bob wieder als Straßenmusiker unterwegs war, fiel mir auf, dass viel mehr Menschen bei uns stehen blieben als früher. Immer wieder bildeten sich Halbkreise von Touristen und anderen Passanten um uns, die Fotos schossen und vor Bob in die Knie gingen, um ihn zu streicheln. Ich war erstaunt, wie viele Leute uns anlächelten, auf uns zeigten und riefen: »Ah, da ist Bob!«

Und mein Rotpelzchen genoss diese Aufmerksamkeit sichtlich.

Immer wieder wurde ich gebeten, »Wonderwall« von Oasis zu spielen. Ich hatte diesen Song schon hunderte Male zum Besten gegeben, aber jetzt hatte der Text eine persönliche Bedeutung für mich, vor allem der Refrain: »*Maybe you're gonna be the one who saves me*« – was so viel heißt wie »Vielleicht wirst du mein Retter sein«. Diese Zeilen hätten für Bob geschrieben worden sein können. Nur dass es bei uns kein »Vielleicht« gab. Er war mein Retter.

Ein weiterer Vorteil von Covent Garden war die Atmosphäre. Dieser Stadtteil kannte keine Langeweile. Um sieben Uhr abends war dort am meisten los, weil dann die Angestellten von der Arbeit nach Hause fuhren und gleichzeitig all die Nachtschwärmer ankamen, um die vielen Bars, Restaurants und Opernhäuser zu stürmen.

Die jungen Club-Gänger erkannte man schon von Weitem. Die Mädchen trugen Miniröcke und hochhackige Schuhe, die Jungs Lederjacken und eine Menge Gel im Haar. Die Opernfans stachen natürlich durch ihre elegante Kleidung aus der Menge. Viele der Männer trugen schwarze Krawatten und die Damen lange Abendroben und glitzernde Klunker. Außerdem traf man nirgends so viele ausgeflippte Menschen auf einem Fleck. Als wir wieder regelmäßig in Covent Garden Musik machten, blieben uns diese leider auch nicht erspart.

Eines Nachmittags im Sommer fiel mir ein Unbekannter auf, der sich ganz in unserer Nähe niederließ. Es war nicht ungewöhnlich, dass neue Leute versuchten, hier etwas Geld zu verdienen. Das gönnte ich auch jedem, solange mir niemand meine Einnahmen streitig machte.

Der Unbekannte war stark gebräunt, und er trug einen eleganten Anzug. Er hatte einen seltsamen Korb dabei, den er vor sich auf den Boden stellte. Bestimmt war er ein Straßenkünstler, und ich war gespannt, was er vorhatte.

Ich beobachtete ihn, weil ich mir ein bisschen Abwechslung für diesen langweiligen Tag erhoffte. Und ich wurde nicht enttäuscht. Er fasste in seinen Korb und holte eine leuchtendgelbe Schlange heraus, die er sich um den Hals legte. Ich hatte zwar keine Ahnung von Schlangen, aber ich glaube, es war eine Albino-Python. Sie war ganz schön dick und fast einen Meter lang. Er spielte mit ihr und fragte Passanten nach einer kleinen Spende.

»Schau mal, Bob, ein Schlangenbeschwörer«, machte ich ihn auf die neue Attraktion aufmerksam. Dabei beobachtete ich fasziniert, wie sich dieses beeindruckende Wesen gemächlich um sämtliche Körperteile seines Besitzers schlängelte.

Bob sah sich zwar interessiert um, aber ganz offensichtlich konnte er nicht sehen, was da vor sich ging. Wir waren bestimmt dreißig Meter entfernt, und er hatte die beiden noch nicht entdeckt. Er zog sich lieber auf sein Schattenplätzchen zurück und döste vor sich hin.

Nach etwa einer Stunde kam der Schlangenbeschwörer zu uns herüber, um uns zu begrüßen. Die Schlange hing immer noch um seinen Hals wie ein überdimensionales Schmuckstück.

»Hallo, Jungs, wie geht's euch?«, fragte er mit starkem südamerikanischen Akzent. Bob hatte geschlafen, setzte sich beim Klang der fremden Stimme aber auf, um sich die seltsamen Besucher näher anzusehen. Ich konnte sehen, wie es in seinem Kopf arbeitete, wie er überlegte, ob diese Kreatur willkommen war oder nicht. Die Entscheidung wurde ihm schnell abgenommen.

Denn als Bob den Kopf neugierig nach vorne reckte, um besser sehen zu können, streckte die Schlange plötzlich ihre gespaltene Zunge heraus und zischte bedrohlich, wie Kaa in dem Disneyfilm *Das Dschungelbuch*.

Bob stellte alle Haare auf vor Schreck.

Dann hechtete er mit einem entsetzten »Miauuuuuu« an mir hoch, um sich auf meiner Schulter in Sicherheit zu bringen. Wenn er sein Geschirr mit der Leine nicht getragen hätte, wäre er bestimmt in Panik davongestürmt.

»Tut mir leid, Mann, ich wollte deine Katze nicht erschrecken«, entschuldigte sich der Besitzer und hob die Schlange von seiner Schulter. »Ich such mir gleich einen anderen Platz und schau mal, wie es dort läuft.«

Für den Rest des Tages war Bob ein einziges Nervenbündel. Er hatte scheinbar solche Angst, noch einer Schlange zu begegnen, dass er sogar die Gurte an meinem Rucksack attackierte. Dabei saß er schon seit Jahren auf diesem Ding, und die herabhängenden Bänder hatten ihn nie gestört. Aber plötzlich war alles, was ihn nur im Entferntesten an die Schlange erinnerte, der Feind. Immer wieder schnappte er sich die Gurte mit den Zähnen und warf sie hoch, als wollte er testen, ob sie tot oder lebendig waren.

Es dauerte Tage, bis Bob sein Erlebnis mit der Schlange verarbeitet hatte. Diese Begegnung hatte ihn total verunsichert. All die Jahre war er das einzige Tier gewesen, das sich auf den Schultern seines Menschen herumtragen ließ. Jetzt hatte es ihn total aus der Bahn geworfen, dass ein anderes Tier an diesem Platz saß, noch dazu so ein zischendes Ungeheuer.

Aber solche Abenteuer gehören in der verrückten Welt von Covent Garden einfach dazu. Und leider war nicht jeder Kollege auf der Straße so verständnisvoll wie der Schlangenbeschwörer. Grundsätzlich waren wir alle Konkurrenten, und es war kaum möglich zu überleben, ohne die Ellbogen auszufahren, denn jeder war sich selbst der Nächste.

Eines Tages, als Bob und ich auf der Neal Street Musik machten, tauchte ein junger Kerl mit Mikrofon und Verstärker auf. Mit seinen Nike-Schuhen und der Baseball-Kappe sah er aus wie ein Skater ohne Board.

Zuerst ignorierte ich ihn und konzentrierte mich auf meine Gitarre.

Aber das klappte nicht lange, denn kurz darauf donnerte ohrenbetäubender Krach in Form eines sich ständig wiederholenden Rhythmus' zu uns herüber. Das Mikro fest an seine Lippen gepresst machte der Typ einen auf lebendige Beatbox. Ich mag so gut wie jede Musikrichtung, aber das war einfach schrecklich und nichts weiter als die reinste Lärmbelästigung. Bob war ganz meiner Meinung. In seinem Blick lag blanker Horror, als er den Störenfried am anderen Ende der Straße beobachtete. Dann stand er auf, legte den Kopf schief und forderte mich damit unmissverständlich auf, so schnell wie möglich von hier zu verschwinden.

Ich raffte meine Habseligkeiten zusammen, und wir suchten uns einen neuen Platz weit entfernt von dem blechernen Sound. Hören konnten wir ihn zwar immer noch, aber zumindest konnte ich wieder klar denken.

Scheinbar dachten andere weniger nachgiebig als wir und hatten die Polizei gerufen, denn die bog kurz darauf um die Ecke. Der Beatboxer protestierte mit ausladenden Armbewegungen, aber das half ihm gar nichts. Letztendlich musste er sein Mikro aus dem Verstärker ziehen und zusammenpacken.

In der wieder eingekehrten Stille konnte man fast die erleichterten Seufzer aus den umliegenden Büros, Cafés und Restaurants hören.

»Gut! Es ist vorbei, Bob!«, sagte ich und schenkte ihm ein beruhigendes Lächeln.

Aber meine Freude war nur von kurzer Dauer.

»Haben Sie eine Erlaubnis, um hier zu spielen?«, sprach mich einer der Polizisten an, als er mich und Bob entdeckt hatte.

Ich wollte keinen Ärger und räumte das Feld ohne Widerworte.

Es war schwer genug, in Covent Garden wieder Fuß zu fassen – auch ohne es mir gleich mit der Polizei zu verderben.

»Wähle deine Schlachten mit Bedacht, James«, sagte ich mir. Es war eine weise Entscheidung, wie sich bald herausstellen sollte.

Kapitel 25
Besuch einer Tierschutzinspektorin

Ein paar Tage später füllten sich die Straßen von Covent Garden zur Mittagszeit langsam mit Touristen und kauflustigen Einheimischen. Wir waren auch gerade auf der Neal Street angekommen, und ich hatte die ersten Akkorde auf meiner Gitarre angestimmt, als ich eine Frau in blauem Rippenpullover entschlossen auf uns zumarschieren sah. Das war keine Touristin. Als sie näher kam, erkannte ich die Schulterklappen und das Abzeichen mit einem mir wohlbekannten Logo. Sie war von der RSPCA, der größten Tierschutzorganisation Englands.

Die RSPCA setzt sich für das Wohlergehen der Tiere und gegen Tierquälerei ein und hatte auch Bob und mir schon oft geholfen. Aber an diesem Tag bekam ich schnell das Gefühl, dass der Auftritt dieser RSPCA-Mitarbeiterin nichts Gutes verhieß.

»Hallo, James, wie geht es Ihnen?«, sprach sie mich an und hielt mir ihren Ausweis unter die Nase. Darauf stand, dass sie eine »Tierschutzinspektorin« war.

Ich stutzte. Wieso kannte sie meinen Namen?

»Danke, gut. Gibt es ein Problem?«, wollte ich wissen.

»Man hat mich gebeten, hier mal nach dem Rechten zu sehen. Bei uns sind diverse Beschwerden eingegangen, dass Sie Ihren Kater Bob angeblich schlecht behandeln.«

Ich war geschockt. Wer behauptet so etwas? Und was soll ich

meinem Kater denn angetan haben? Mir wurde ganz schlecht vor Schreck, aber ich musste mich zusammenreißen. Ich durfte jetzt keinen Fehler machen.

»Ich bin sicher, dass es sich hier um eine unbegründete Anschuldigung handelt. Vernachlässigt sieht dieser Kater nicht gerade aus«, sagte sie und kraulte Bob unter dem Kinn. »Aber wir müssen uns unterhalten, und ich werde ihn untersuchen, um sicherzugehen, dass ihm nichts fehlt.«

Es war nicht das erste Mal, dass ich von Fremden beschuldigt wurde, Bob nicht artgerecht zu behandeln. Da gab es drei immer wiederkehrende Anschuldigungen:

Allen voran der ewige Vorwurf, dass ich Bob ausbeuten und zu meinem eigenen Vorteil »benutzen« würde. Meine Antwort darauf war immer dieselbe: Katzen kann man zu nichts zwingen. Sie tun nichts, was sie nicht tun möchten, und sie werden nie bei jemandem bleiben, den sie nicht mögen. Noch dazu war Bob ein Alphatier, er hatte seinen eigenen Kopf und einen unbeugsamen Willen. Ohne Liebe und Vertrauen wäre er niemals bei mir geblieben. Und ob er morgens mit mir in die Stadt kam, war ganz allein seine Entscheidung.

Es gab immer wieder mal Tage, an denen er lieber zu Hause blieb. Aber die waren selten, das muss ich zugeben. Es machte ihm einen Heidenspaß, mit mir unterwegs zu sein, neue Leute kennenzulernen und bewundert zu werden. Aber wenn er sich verkroch oder einfach nicht zur Tür kam, wenn ich gehen wollte, respektierte ich seine Entscheidung. Es gab immer ein paar Besserwisser, die mir das nicht glauben wollten, aber genau so läuft das bei uns.

Auch sein Geschirr und die Leine waren immer wieder ein Thema für Vorwürfe. Wenn ich für den Satz »Oh, Sie sollten ihn nicht an die Leine legen, er ist doch kein Hund« jedes Mal ein Pfund bekommen hätte, wäre ich inzwischen reich. Ich habe schon unglaublich oft erklären müssen, dass es so sicherer für Bob ist, dass mich diese Worte inzwischen nur noch langweilen. Aber egal, wie häufig ich mich wiederholte, für manche Leute blieb ich ein Tierquäler.

Was mich aber am meisten verletzte, war der Vorwurf, ich würde Bob mit Medikamenten ruhigstellen. Zum Glück bekomme ich das eher selten zu hören. Denn es ist jedes Mal wie ein Schlag in die Magengrube. Ich habe viel erlebt und durchgestanden, bevor ich clean wurde, aber das ist die schlimmste Beleidigung, mit der man mich treffen kann.

Die RSPCA-Inspektorin zog ein Mikrochip-Lesegerät aus ihrer Tasche, um zu sehen, ob Bob gechipt war und um seine Identität zu überprüfen. Da brauchte ich mir keine Sorgen zu machen.

»Das fängt doch gut an«, sagte sie lächelnd. »Sie werden nicht glauben, wie viele Hauskatzen immer noch ohne Mikrochip herumlaufen.«

Dann untersuchte sie sein Fell auf Flöhe, begutachtete seine Zähne und roch an seinem Atem – wahrscheinlich um festzustellen, ob er ein Nieren- oder Leberproblem hatte. Auch seine Augen wurden unter die Lupe genommen. Ob mich doch jemand wegen Katzendoping angezeigt hatte? Innerlich kochte ich vor Wut bei dem Gedanken, dass mich jemand deshalb bei der RSPCA anschwärzte.

Kein Grund zur Sorge, beruhigte ich mich selbst. Schließlich hatte ich nichts falsch gemacht.

»Hat Bob irgendwelche gesundheitlichen Probleme, James?«, fragte sie mich mit gezücktem Kugelschreiber, als sie fertig war.

»Nicht, dass ich wüsste. Ich lasse ihn regelmäßig in der *Blue-Cross*-Ambulanz in Islington untersuchen. Die Ärzte loben mich immer, weil Bob so einen guten Eindruck auf sie macht. Also gehe ich davon aus, dass er gesund ist.«

»Das ist gut zu wissen, James«, sagte sie. »Und wie habt ihr zwei zusammengefunden?«

Ich erzählte ihr unsere Geschichte, und sie nickte und lächelte dabei die ganze Zeit.

»Sieht aus, als wärt ihr füreinander geschaffen«, lachte sie zum Schluss. »Er ist ein ganz besonderer Kater, nicht wahr? Haben Sie vielleicht eine Telefonnummer, damit ich Sie anrufen kann?«

Mein altes Handy tat es gerade noch so für Notfälle, also gab ich ihr die Nummer.

»Momentan gibt es nichts zu beanstanden«, erlöste sie mich dann endlich. »Aber ich werde noch einmal vorbeischauen. Sind Sie jeden Tag hier?«

»So gut wie immer«, antwortete ich mit ungutem Gefühl.

»Gut, ich werde Sie anrufen, oder wir sehen uns hier.«

Sie strich Bob zum Abschied über den Rücken und verschwand in der Menge.

Ich war erleichtert, dass wir diesen Besuch ohne böse Überraschung überstanden hatten. Trotzdem machte ich mir Sorgen. Die RSPCA hatte viele Rechte, wenn sie gegen die Halter vernachlässigter Tiere vorging. Warum wollte sie ein zweites Mal vorbeikommen? Was würde sie ihren Vorgesetzten berichten? Wenn sie mich nun doch belangen und – Gott bewahre – mir Bob wegnehmen würden? Ich konnte nicht aufhören, darüber nachzudenken.

Mach dich nicht verrückt, hör auf damit, beschwor ich mich.

Aber auch noch abends auf dem Heimweg verkrampfte sich mein Magen vor Angst. Ich hatte das dumpfe Gefühl, dass dieses Damoklesschwert noch lange über mir schweben würde.

Eine Woche später war die RSPCA-Inspektorin wieder da. Aber sie war viel freundlicher und entspannter als beim letzten Mal. Bob ließ sich auch diesmal widerstandslos von ihr untersuchen und auch diesmal machte sie sich wieder Notizen. Sie stellte mir Fragen und wollte wissen, was wir letzte Woche gemacht hatten und wie unsere Pläne für die nächsten Tage aussahen.

Dann beobachtete sie uns eine Weile, um zu sehen, wie wir miteinander umgingen und wie der Kontakt mit den Passanten ablief. RSPCA-Inspektoren werden offensichtlich geschult, tierisches Verhalten zu deuten. Sie konnte sich davon überzeugen, dass Bob gerne bei mir war und es ihm Spaß machte, den Zuschauern kleine Kunststücke vorzuführen.

»Ich werde mich bald wieder melden«, versprach sie. Bob wurde zum Abschied wieder gestreichelt und mir schüttelte sie diesmal sogar mit einem freundlichen Lächeln die Hand.

Ich spielte noch eine Stunde weiter, aber ich war nicht ganz bei der Sache. Als ich gerade Schluss machen wollte, kam die Verwalterin eines Häuserblocks auf der anderen Straßenseite der Neal Street auf mich zu. Zwischen uns hatte es schon öfter gekracht, weil sie sich an meiner Musik störte. Ganz offensichtlich hatte sie uns von ihrem Fenster aus beobachtet und gesehen, wie die RSPCA-Inspektorin sich mit Handschlag von mir verabschiedet hatte.

»Es gibt Leute da oben, die gerne schlafen würden«, fauchte sie mich an.

»Aber es ist zwei Uhr nachmittags«, antwortete ich verblüfft.

»Das ist hier nicht das Thema«, tadelte sie mich wie einen Dreijährigen. »Sie dürfen hier nicht Musik machen. Können Sie das Schild da nicht lesen?« Sie deutete auf eine Tafel am Haus schräg gegenüber.

»Aber ich spiele nicht dort drüben, sondern hier«, wehrte ich mich. »Und hier darf ich das.«

Aber sie hörte mir gar nicht zu.

»Ich habe die Nase voll von Ihnen und dieser blöden Katze. Ich rufe jetzt die Polizei und lasse Sie von hier wegbringen«, keifte sie und marschierte davon.

Ihr Geschimpfe war total lächerlich. Um diese Zeit schlief kein normaler Mensch. Wenn irgendetwas ihren Mietern den Schlaf raubte, dann wohl eher der ständige Lärm von Lieferwagen, LKWs oder Polizeisirenen. Es war verrückt, mir Lärmbelästigung vorzuwerfen.

Etwa eine halbe Stunde später bog ein Polizeiwagen keine hundert Meter vor mir in die Straße ein.

»Das gefällt mir gar nicht, Bob«, sagte ich. Schnell nahm ich meine Gitarre ab und packte zusammen.

Bis die zwei Polizisten bei mir ankamen, war ich aufbruchbereit.

»Sie dürfen hier nicht bleiben«, ermahnten sie mich.

»Ich weiß, bin schon weg«, gab ich zurück.

Innerlich ärgerte ich mich sehr über diese Keifziege. Der Zwischenfall verstärkte meinen Verdacht, dass es diese Verwalterin war, die auch die RSPCA auf mich gehetzt hatte.

Noch am selben Abend kam der ersehnte Anruf von der RSPCA-Inspektorin.

»Sie brauchen sich keine Sorgen mehr zu machen, alles ist gut«, sagte sie. »Bob ist ein ganz besonderer Kater, und es könnte ihm nirgends besser gehen als bei Ihnen. Ich kann Ihnen nur raten, jeden zu ignorieren, der Ihnen etwas anderes einreden will.«

Es war der beste Rat, den ich seit Langem bekommen hatte. Und, was für mich sehr ungewöhnlich war: Ich nahm ihn auch an.

Kapitel 26

Doktor Bob

Ich kam morgens kaum noch aus dem Bett. Seit Wochen konnte ich es kaum ertragen, wenn die Wintersonne durch die Vorhänge in mein Schlafzimmer lugte und mich daran erinnerte, dass ich aufstehen musste.

Nicht, weil ich nicht aufstehen wollte. Ich schlief schlecht und war meistens schon im Morgengrauen hellwach. Der Grund, warum ich mich möglichst lange unter der Bettdecke verkroch, war ein ganz anderer. Sobald ich aufstand, fing ich an zu husten.

Schon seit geraumer Zeit tat mir die Brust weh, und inzwischen waren die Schmerzen kaum noch auszuhalten. Sobald ich morgens aufstand, füllten sich meine Lungen mit Schleim, und ich hustete buchstäblich bis zum Erbrechen. Es war furchtbar, und ich bekam es langsam mit der Angst zu tun.

Ich hatte versucht, den Husten mithilfe von billigen Hustensäften aus dem Supermarkt loszuwerden. Aber das hätte ich mir sparen können.

»Nehmen Sie Paracetamol und bleiben Sie im Bett«, riet mir ein Arzt. Aber auch das half nicht.

Bob spürte, dass ich krank war, und versuchte, mir auf seine Weise zu helfen. Er legte sich langgestreckt quer über meinen Oberkörper, als wolle er ihn abdecken. Ich hatte meine Lektion von meiner letzten Krankheit gelernt und ließ ihn gewähren.

»Ah, da kommt Doktor Bob«, zog ich ihn auf.

Zweifellos hatte Bob bereits seine eigene Diagnose gestellt. Wenn ich auf dem Sofa oder auf dem Bett lag, legte er sich oft auf meinen Brustkorb und schnurrte.

Irgendwo habe ich gelesen, dass Katzen mit ihrem Schnurren den Heilungsprozess von Knochen beschleunigen können. Ob er so versuchen wollte, meine Lunge zu heilen? Oder musste ich mir Sorgen machen, weil er mehr wusste als ich?

Seine Fürsorglichkeit machte mir fast mehr Angst als mein Husten, denn Katzen haben feine Sensoren und spüren, wenn Menschen krank sind. Da gab es eine Katze in Yorkshire, die ihrem Besitzer immer seltsame Blicke zuwarf, bevor er einen Anfall bekam. Berühmt ist auch die Geschichte von Kater Oskar, der in einem Altersheim in Amerika lebt und sich immer zu den Bewohnern ins Bett legt, die bald sterben werden. Seine Prognosen sind so unfehlbar, dass die Bewohner immer Angst haben, wenn Oskar sie besucht. Ich hoffte sehr, dass Bobs Verhalten nichts damit zu tun hatte.

Als ich den Husten nicht mehr aushielt, machte ich einen Termin bei einem anderen Arzt, den mir ein Freund empfohlen hatte. Er war zumindest sympathisch und hörte geduldig zu, als ich ihm von meinen Hustenanfällen mit Erbrechen erzählte.

»Dann werde ich jetzt mal Ihre Lunge abhören«, sagte er, als ich fertig war.

Er horchte lange und gründlich mit dem Stethoskop an meiner Brust und meinem Rücken. Als Kind hatte ich Asthma und wusste daher schon, dass ich schwache Lungen hatte. Aber nach der Untersuchung war der Arzt sehr schweigsam und tippte nur noch wild Notizen in seinen Computer. Zu viele für meinen Geschmack.

»Also, Mr Bowen, ich würde gern Ihre Lunge röntgen lassen«, wandte er sich nach endlosen Minuten endlich wieder an mich.

»Geben Sie dieses Formular in der Klinik ab, die wissen dann schon, was zu tun ist.«

Sein Gesichtsausdruck erschien mir betont ausdruckslos, was bestimmt kein gutes Zeichen war.

Ich nahm das Formular mit nach Hause, legte es auf das Regal im Flur und vergaß es mit der Zeit. Ich hatte keine Lust auf diese Prozedur. Erst vor Kurzem war ich wegen einer Thrombose im Krankenhaus gewesen. Wenn sie mich nun wieder dabehalten wollten? Wenn es etwas wirklich Schlimmes war? Ich mochte keine Krankenhäuser. Ich redete mir ein, dass ich es mir nicht leisten konnte, einen ganzen Arbeitstag zu vergeuden, um ins Krankenhaus zu gehen.

Natürlich war das nur eine lahme Ausrede. Ehrlich gesagt hatte ich eine Heidenangst davor, was diese Röntgenaufnahmen aufdecken könnten. Ich war einfach zu feige. Da hielt ich es doch lieber mit der Vogel-Strauß-Taktik. Ich glaubte wirklich, dass Husten, Erbrechen und all die anderen unangenehmen Begleiterscheinungen einfach vergehen würden, wenn ich nur lange genug den Kopf in den Sand steckte. Aber das war natürlich Unsinn. Es wurde immer schlimmer.

Bei einem Besuch im Verlag war das Maß dann allerdings voll. Inzwischen war auch ich sicher, dass es wirklich ein Buch geben würde. Sie hatten sich auf ein Coverbild geeinigt, auf dem Bob tiefenentspannt auf meinem Rucksack thront. Auf der Rückseite des Buches prangte ein Bild von uns beiden und innen gab es eine kleine Biografie des »Autors«. Ich musste mich immer noch kneifen, um mich zu vergewissern, dass ich nicht träumte.

Leider bekam ich mitten in der Besprechung einen fürchterlichen Hustenanfall.

»Ich muss zur Toilette«, keuchte ich mühsam und floh.

Die Situation war mir so peinlich. Bei der Buchveröffentlichung im März durfte mir das keinesfalls passieren. Der Verlag hatte ein paar Interviews für mich arrangiert und sogar einen Auftritt im Frühstücksfernsehen. Auch eine Autogrammstunde war geplant, bei der ich meine Leser treffen sollte. Das klang zwar alles sehr weit hergeholt, aber zur Sicherheit sollte ich meinem Husten endlich auf den Grund gehen und mich röntgen lassen.

Jetzt kam ich nicht mehr darum herum.

Im Krankenhaus wurde ich in einen großen Raum geführt. Eine Krankenschwester legte mir eine große Metallplatte auf die Brust und verschwand dann hinter einer Schutzwand, bevor sie das Röntgenbild machte.

»Und? Wie sieht es aus?«, versuchte ich, der Schwester einen Kommentar zu entlocken.

»Gut. Aber wir schicken einen ausführlichen Bericht an Ihren behandelnden Arzt. Es dauert höchstens zwei bis drei Tage.«

Also bangte ich weiter, bis endlich der Anruf kam, dass ich mir die Ergebnisse bei meinem Hausarzt abholen könne. Mit flauem Gefühl im Magen machte ich mich auf den Weg.

Als eingefleischter Pessimist war ich auf das Schlimmste gefasst. Deshalb konnte ich es auch kaum glauben, als der Arzt sich den Bericht durchlas und sagte: »Ihre Lungen sind komplett frei, Mr Bowen.«

»Wirklich?«, fragte ich verblüfft.

»Ja, wirklich. Da ist kein einziger dunkler Fleck, Ihre Lungen sind makellos gesund.«

»Und warum huste ich mir dann Tag für Tag die Seele aus dem Leib?«, wollte ich wissen.

»Wahrscheinlich eine Infektion«, meinte er und verschrieb mir ein starkes Antibiotikum.

»Das ist alles?« Ich war total erleichtert, aber auch bestürzt, wie lange ich mich da wieder unnötig gequält hatte.

»Nun, wir werden sehen, ob es funktioniert«, bremste er mich. »Wenn nicht, müssen wir weitersuchen.«

Ich war skeptisch. Ich konnte nicht glauben, dass es so einfach sein sollte. Aber so war es. Schon nach wenigen Tagen fühlte ich mich viel besser, und der Husten war fast verschwunden.

Meine Agentin Mary war auch sehr besorgt um mich gewesen. Sie hatte befürchtet, dass mir die bevorstehenden Auftritte in der Öffentlichkeit und die Autogrammstunde zu anstrengend werden könnten. Sie wollte immer nur mein Bestes.

»Hey, es geht dir viel besser, nicht wahr?«, freute sie sich bei unserem nächsten Treffen. Sie wollte mit mir die Termine rund um die Veröffentlichung meines Buches besprechen. Tag X rückte erbarmungslos näher.

Vorher musste ich mir unbedingt noch eine zweite Meinung einholen, um wirklich sicher zu sein, dass ich wieder gesund war.

Abends lag ich auf dem Bett und las einen Comic, als Bob plötzlich auftauchte und zu mir hochsprang. Wie so oft in den letzten Wochen legte er sich auf meine Brust und schnurrte leise vor sich hin. Nach ein paar Minuten legte er sein Ohr an meine Brust und vollzog seine Katzen-Stethoskop-Nummer. Er blieb kurz so liegen und lauschte aufmerksam in mich hinein. Dann stand er auf und verschwand genauso schnell, wie er gekommen war. Er sprang vom Bett und rollte sich zufrieden in seinem Körbchen an der Heizung zusammen.

»Danke, Doktor Bob.«

Kapitel 27
Ein berühmtes Gesicht

Eine englische Redensart sagt, der März kommt brüllend wie ein Löwe und geht wie ein sanftes Lamm. Der erste Teil dieses Spruchs traf auf diesen März allemal zu. Es gab Tage, an denen der Wind so wild durch die Straßen von Soho und Westend fegte, dass es fast wie das Gebrüll eines Löwen klang. An manchen Tagen konnte ich beim Gitarrespielen kaum noch meine Finger spüren.

Zum Glück war Bob durch sein Fell besser geschützt als ich.

Obwohl der Frühling schon vor der Tür stand, trug er immer noch seinen dicken Winterpelz. Außerdem hatte er sich über die Weihnachtstage ein paar Extrakilos angefuttert und schien die beißende Kälte kaum zu spüren.

Natürlich vermissten wir unsere Freunde an der Angel Station, aber insgesamt gefiel es uns in Covent Garden viel besser.

Wir traten immer im Doppelpack auf und passten als Künstlerduo viel besser zwischen die Jongleure, Feuerschlucker, menschliche Statuen und anderen Straßenkünstler, die sich auf dem großen Platz und in den umliegenden Straßen tummelten. Die Konkurrenz war natürlich groß, und wir arbeiteten und spielten viel, um unsere Kunststücke zu verbessern.

Manchmal saß ich im Schneidersitz neben Bob auf dem Boden und spielte Gitarre. Er liebte das und lehnte sich dann gern an das Instrument. Manchmal schüttelten wir uns die Hand beziehungsweise die Pfote oder er stellte sich auf seine Hinterbeine, um sich ein Leckerchen zu angeln. Aber wir hatten auch etwas Neues eingeübt.

Es entstand ganz zufällig zu Hause beim Spielen mit Belle. Bob zerfledderte mal wieder seine alte Schmuddelmaus, und Belle wollte sie ihm wegnehmen, um sie zu waschen.

»Die gehört jetzt wirklich mal geschrubbt, Bob«, hörte ich sie sagen. »Du kriegst auch etwas Leckeres, wenn du sie hergibst.«

Die Entscheidung fiel Bob nicht leicht. Er schwankte sichtlich, bevor er sich für das begehrte Häppchen entschied. Widerwillig ließ er die Maus los, um sich seine Belohnung zu holen – gerade lang genug für Belle, um ihm sein Lieblingsspielzeug unter der Nase wegzuschnappen.

»Gut gemacht, Bob«, lobte sie ihn. »High five«, fügte sie hinzu und hielt ihm eine Handfläche hin wie ein amerikanischer Football- oder Baseballspieler, der so seine Teamkollegen einlädt, einen Treffer zu feiern.

Bob hob tatsächlich die Pfote und tappte damit auf ihre Handfläche.

»Das sah echt cool aus«, sagte ich lachend. »Aber ich wette, das schaffst du nicht noch mal.«

»Wette angenommen«, erwiderte Belle, und die beiden wiederholten dieses Kunststück tatsächlich.

Seither erwartet Bob jedes Mal eine Belohnung, wenn er diesen Trick vorführt. Auf der Neal Street in Covent Garden haben wir damit viele Bewunderer gefunden, sogar ein paar ganz berühmte.

An einem Samstagnachmittag gegen vier Uhr waren zwei kleine Mädchen stehen geblieben, um Bob zu streicheln. Sie waren vielleicht neun oder zehn Jahre alt und in Begleitung einer kleinen Gruppe von Erwachsenen, zu denen auch zwei bullige Hünen mit dunklen Sonnenbrillen gehörten. So, wie die beiden nervös die Gegend absuchten, während die Kinder sich mit Bob befassten, hielt ich sie für Bodyguards.

»Daddy, schau mal«, wandte sich eines der Mädchen begeistert an ihren Vater.

»Ja, das ist wirklich eine coole Katze«, antwortete eine Stimme hinter mir.

Verblüfft holte ich tief Luft. Diese Stimme hätte ich überall wiedererkannt.

Das kann nicht sein, dachte ich und drehte mich um. Aber er war es wirklich.

Hinter mir stand tatsächlich Sir Paul McCartney, der berühmte Sänger und Bassist der Beatles.

Niemals hätte ich damit gerechnet, dass sich eine Legende der Popmusik mit einem einfachen Straßenmusiker unterhalten würde. Musikalisch spielte er natürlich in einer ganz anderen Liga als ich, aber er benahm sich wie ein ganz normaler Mensch. Sehr freundlich und höflich.

Neben Bob lag eines meiner Bücher auf dem Boden, und ich sah, dass sein Blick daran hängenblieb. Außerdem hatte ich einen ganzen Packen Flyer dabei, um für die erste Signierstunde in drei Tagen Werbung zu machen.

In meinem Kopf meldete sich eine leise Stimme zu Wort: »Na mach schon, gib ihm einen Flyer!«

»Ähm, ich habe ein Buch geschrieben über Bob und mich«, erklärte ich und machte eine Kopfbewegung hinüber zu meinem getigerten Begleiter. »Nächste Woche ist eine Autogrammstunde – falls Sie vorbeikommen wollen?«, sagte ich und drückte ihm lächelnd einen Flyer in die Hand.

Ich konnte es kaum glauben, aber er nahm ihn tatsächlich an.

Inzwischen hatte sich eine Menschentraube um uns herum gebildet, und die Leute fotografierten wie wild. Aber diesmal war es nicht Bob, der sie anzog.

»Kinder, wir müssen jetzt wirklich weitergehen«, mahnte die Frau an Paul McCartneys Seite. Mir war inzwischen eingefallen, dass es seine neue Ehefrau, Nancy Shevell, sein musste. Auch sie war sehr nett.

»Passen Sie gut auf sich auf, Mann, und alles Gute«, verabschiedete sich Sir Paul.

Danach war mir leicht schwindlig, und ich schwebte auf Wolke sieben.

Natürlich gab es nicht die geringste Chance, dass Sir Paul McCartney zu meiner Signierstunde kommen würde. Warum sollte er? Aber das war auch nicht wichtig. Mein Buch hatte mir bereits das Unmögliche ermöglicht: ein persönliches Gespräch mit einem der Beatles!

Am späten Nachmittag, kurz vor dem Heimfahren, setzte ich mich zu Bob auf den Gehweg und gab ihm ein paar Leckerchen. Morgen war unser großer Tag: die Autogrammstunde in Islington. Ich wollte früh ins Bett gehen, auch wenn ich bestimmt nicht gut schlafen würde in dieser Nacht. Außerdem wollte ich mit Bob nicht länger draußen bleiben, weil es allmählich kälter wurde.

Als ich ihn streichelte, spürte ich, dass er angespannt war. Sein Rücken war leicht gekrümmt, und sein Körper fühlte sich ganz steif an. Die Lieblingshäppchen interessierten ihn kein bisschen. Stattdessen starrte er gebannt auf die andere Straßenseite. Etwas – oder auch jemand – störte ihn.

Als ich seinem Blick folgte, sah ich einen schmuddeligen Typen, der zu uns herüberstarrte.

Wenn man seinen Lebensunterhalt auf der Straße verdient, entwickelt man einen sechsten Sinn für zwielichtige Gestalten. Einen faulen Apfel erkannte ich sofort, und dieser Kerl war von der schlimmsten Sorte. Mir war sofort klar, was er vorhatte: Er wollte mich beklauen.

In der letzten halben Stunde hatten Bob und ich bestimmt um die zwanzig Pfund eingenommen. Ich war immer vorsichtig, ließ nie zu viele Münzen offen herumliegen und hatte auch heute das meiste bereits in meinem Rucksack verschwinden lassen. Das war unserem Beobachter bestimmt nicht entgangen.

Aber solange er Abstand hielt, konnte ich nichts unternehmen. Sicherheitshalber sah ich auffällig zu ihm hinüber und gab ihm mit einem Kopfnicken zu verstehen: »Ich habe dich gesehen und weiß, was du vorhast. Vergiss es einfach!«

Das Straßenvolk hat seine eigene Sprache. Ein Blick oder ein Gesichtsausdruck sagt oft mehr als hundert Worte. Und er hatte mich verstanden. Er grummelte böse, stand aber auf und zog ab.

Sobald der Kerl weg war, entspannte sich Bob sichtlich.

»Keine Angst, mein Junge«, beruhigte ich ihn und steckte ihm ein Leckerchen ins Maul. »Den sind wir los, und der kommt auch nicht wieder.«

Kapitel 28
Mein Beschützer

Es war ein guter Tag gewesen, und wir hatten genug Geld verdient, um für die nächsten Tage einzukaufen. Also packte ich zusammen, und wir machten uns auf den Heimweg.

Bob musste nur noch schnell sein Geschäft erledigen. Deshalb nahm ich eine Seitengasse, die zu seinem Stammplatz führte, der Grünfläche vor dem schicken Bürogebäude auf der Endell Street.

Auf halbem Weg spürte ich, wie Bob auf meiner Schulter unruhig wurde. Zuerst dachte ich noch, dass er einfach dringend aufs Klo musste.

»Halt durch, Junge, wir sind gleich da«, beruhigte ich ihn.

Aber dann merkte ich, dass er sich umgesetzt hatte. Er sah jetzt nach hinten, und nicht, wie sonst, gemeinsam mit mir nach vorne.

»Was ist los, Bob?«, fragte ich und drehte mich um.

Die Gasse war menschenleer. Bob schien da anderer Meinung zu sein. Irgendetwas störte ihn gewaltig.

Ich war keine zehn Schritte weitergegangen, als Bob plötzlich einen markerschütternden Kampfschrei ausstieß, wie ich ihn noch nie von ihm gehört hatte.

»Wiiiiiiiiii! Chchchchchch!«

Gleichzeitig spürte ich ein ruckartiges Ziehen an meinem Rucksack, dem ein weiterer, diesmal aber menschlicher Schrei folgte.

»Auaaaaa!«

Ich fuhr herum, und da stand tatsächlich der Kerl, der uns vorher auf der Neal Street beobachtet hatte. Er krümmte sich vor Schmerzen und starrte auf seinen Handrücken, den Bobs Handschrift zierte. Eine Reihe tiefer Kratzer, aus denen bereits Blut hervorquoll.

Was war passiert? Der Dummkopf wollte mir den Rucksack entreißen, aber er hatte nicht mit Bob gerechnet. Der hatte seine scharfen Krallen ausgefahren und sie ihm tief in die diebische Hand geschlagen. Und Bob war immer noch in Kampfstimmung. Er stand mit aufgeplustertem Fell auf meiner Schulter und knurrte und fauchte unseren Angreifer weiter an.

»Schau, was deine Katze angerichtet hat«, schrie der Typ mich an und wedelte mit seiner verletzten Hand anklagend vor meinem Gesicht herum.

»Das geschieht dir ganz recht, du wolltest mich beklauen«, schrie ich empört zurück.

Bob übertönte uns fast. Er knurrte und fauchte wie verrückt auf meiner Schulter.

Wwwiiiii! Chchchchch! Chchchchch!

Er benahm sich wie eine wild gewordene Bestie, sodass unser Angreifer auf dem Absatz kehrtmachte und davonstolperte.

Auf dem Heimweg im Bus saß Bob auf meinem Schoß. Er hörte nicht auf zu schnurren und hatte seinen Kopf unter meinen Arm gekuschelt – das tat er nur, wenn er sich verwundbar fühlte. Nach diesem Erlebnis ging es uns beiden wohl ähnlich.

Wie hat es Sir Walter Scott so schön formuliert: »Katzen sind mysteriöse Wesen – in ihren Köpfen geht mehr vor sich, als wir je begreifen werden.« Und genau das war Teil von Bobs Magie und machte ihn zu einem ganz besonderen Gefährten. Wir haben schon so viel miteinander erlebt, und doch schaffte er es immer wieder, mich zu überraschen. Wie vorhin.

Wir sind noch nie auf so hinterhältige Weise überfallen worden. Und ich hätte es nie für möglich gehalten, dass Bob mich beschützen und verteidigen könnte. Er hatte die Gefahr, die von diesem Mann ausging, schon lange vor mir erkannt.

Wie hatte er gemerkt, dass uns dieser Kerl nicht wohlgesinnt war? Und warum hatte er seine Nähe gespürt, als wir die Neal Street verließen? Ich hatte keinen Verfolger bemerkt. Hatte Bob in der Dämmerung einfach mehr gesehen als ich oder ihn mit seiner feinen Nase gerochen?

Ich hatte keine Ahnung. Und ich würde wohl nie erfahren, was sich in seinem Katzenhirn abspielte, obwohl wir beste Freunde waren und uns so etwas wie Telepathie verband. Aber die reichte leider nicht aus, um unsere innersten Gedanken zu teilen. Wir konnten uns auch nicht wirklich sagen, was wir fühlten. Auch wenn das jetzt blöd klingt, aber das machte mich manchmal wirklich traurig. Genau wie in diesem Moment.

Während sich Bob auf der Busfahrt sanft an mich drückte, hätte ich zu gerne gewusst, wie er sich bei dem Überfall in der menschenleeren Seitenstraße gefühlt hatte. Hatte er Angst gehabt? Oder hatte er einfach nur instinktiv gehandelt? War es möglich, dass er den Zwischenfall schon wieder vergessen hatte oder plagten ihn gerade dieselben Gedanken wie mich? *Ich habe die Schnauze gestrichen voll von diesem Leben. Ich habe es satt, ständig auf der Hut sein zu müssen. Ich will in einer sicheren, guten und glücklichen Welt leben.*

Die Antwort lag auf der Hand: Natürlich würde auch Bob sich lieber nicht in dunklen Gassen mit Abschaum herumschlagen. Natürlich würde er lieber im Warmen vor sich hindösen, als sich im Winter am Straßenrand die Pfoten abzufrieren. Wer wollte das nicht?

Während sich meine Gedanken weiter überschlugen, steckte ich meine Hand in die Manteltasche und zog einen zerknüllten Flyer heraus. Es war der letzte, der übrig geblieben war. Darauf war ein Foto von mir mit Bob auf meiner Schulter. Der Text darunter lautete:

Treffen Sie James Bowen und seinen Kater Bob!
James und Bob signieren ihr neues Buch:
BOB, DER STREUNER
In der Buchhandlung Waterstones,
Islington Green, London
am
Dienstag, 13. März 2012, um 18 Uhr

Bob betrachtete das Blatt Papier in meiner Hand und legte den Kopf schief. Ich war sicher, er erkannte uns beide darauf.

Gedankenverloren starrte ich den zerknüllten Flyer lange an.

Wie oft würde ich Bob und mich noch in Gefahr bringen? Würde ich diesen Teufelskreis je durchbrechen und uns von der Straße holen?

Ich strich den Flyer glatt und faltete ihn sorgfältig, bevor ich ihn zurück in meine Tasche steckte.

»Ich hoffe, das ist die Lösung, Bob«, seufzte ich. »Ich hoffe es wirklich sehr!«

Kapitel 29

Warten auf Bob

Es war gerade mal neun Uhr morgens, aber ich hatte bereits ein ziemlich flaues Gefühl im Magen. Wenn es mir jetzt schon so schlecht ging, wie würde ich mich dann erst in neun Stunden fühlen?

Die Waterstones Buchhandlung in Islington war als Veranstaltungsort für unsere Autogrammstunde gut gewählt, denn sie kam mehr als einmal in meinem Buch vor. Die Mitarbeiter hatten uns nicht nur mit offenen Armen aufgenommen, als Garry und ich am Buch arbeiteten, sondern sie waren auch Teil eines der dramatischeren Kapitel des Buches. Eines Abends hatte ich nämlich völlig panisch in genau dieser Buchhandlung gestanden. Ich suchte verzweifelt nach Bob, der sich vor einem bösartigen Hund erschreckt hatte und weggelaufen war.

In den letzten paar Tagen hatte ich mehrere Zeitungsinterviews gegeben und mit Radioreportern und sogar einem Fernsehteam gesprochen. Der Verlag hatte mich vorher noch zu einem Medientrainer in der Londoner Innenstadt geschickt, damit ich mich im Gespräch mit den Presseleuten sicherer fühlte. Er gab mir viele Tipps und gute Ratschläge. Bei der ersten Aufnahme habe ich beispielsweise beim Reden ganz unbewusst mit einem Kugelschreiber herumgespielt. Als er mir das Band vorspielte, hörte ich nur das Getrommel des Kugelschreibers auf dem Tisch, als wäre ich ein völlig abgedrehter Drummer. Das Geräusch störte so sehr, dass man sich nicht mehr auf meine Worte konzentrieren konnte.

»Sie werden alle wissen wollen, wie du auf der Straße gelandet bist«, sagte der Trainer und bereitete mich auf weitere Fragen vor: »Wie hat dir Bob geholfen, dein Leben zu ändern, und wie stellst du dir eure gemeinsame Zukunft vor?«

»Alles klar«, nickte ich leicht nervös.

»Sie werden dich auch fragen, ob du inzwischen wirklich clean bist«, warnte er mich.

»Eigentlich kann ich das alles beantworten«, sagte ich beruhigt, schließlich hatte ich nichts zu verbergen.

Die Signierstunde war zwei Tage vor dem offiziellen Veröffentlichungstermin des Buches, dem 15. März 2012, angesetzt, meinem dreiunddreißigsten Geburtstag.

Ich hoffte sehr, dass dies kein böses Omen war. Schon seit dem Teenager-Alter hatte ich keinen Grund mehr, meine Geburtstage zu feiern.

Meinen dreizehnten Geburtstag verbrachte ich im Princess-Margaret-Kinderkrankenhaus in Westaustralien und war einfach sehr unglücklich. Kurz danach fing ich an, Klebstoff zu schnüffeln und Marihuana auszuprobieren. Damals begann mein langsamer Abstieg in die Drogenszene.

Ich erinnerte mich an all die Geburtstage, an all das, was ich dazwischen gemacht habe, und wie sehr sich mein Leben verändert hatte.

Inzwischen waren wieder zehn Jahre vergangen, und alles hatte sich endlich zum Guten gewendet. Es ist ein Wunder, dass ich zehn Jahre Drogensumpf überlebt habe. Trotzdem sind auch sie ein Teil meines Lebens und somit ein Thema in meinem Buch. Ich wollte nichts beschönigen, aber genau deshalb war ich bereits Stunden vor der Veranstaltung ein Nervenbündel.

Am frühen Nachmittag hatten Bob und ich einen Termin mit einem Fotografen der internationalen Nachrichtenagentur Reuters. Er wollte eine Fotoreihe über unseren Alltag machen. Also Busfahren, Gitarre spielen auf der Neal Street und Ähnliches. Ich war wirklich froh über die Ablenkung.

Am späten Nachmittag waren wir fertig. Als wir in Islington ankamen und den vertrauten Weg von der U-Bahn-Haltestelle Angel zum Buchladen einschlugen, lag feuchter Nebel in der Luft.

Mein Nachfolger von der *Big Issue* war nirgends zu sehen.

»Der Kerl und sein Hund haben nur Mist gebaut«, erzählte mir einer der Blumenhändler, als ich ihn darauf ansprach. »Hier verkauft jetzt niemand mehr die *Big Issue.*«

»Was für eine Verschwendung«, bedauerte ich. »Ich habe diesen Platz aufgebaut, hier kann man gut verdienen.«

Aber das ging mich nichts mehr an, ich hatte gerade ganz andere Sorgen.

Bob und ich durchquerten den kleinen Islington Memorial Park, um zur Buchhandlung zu gelangen. Wir waren früh dran, also ließ ich Bob im Park herumschnüffeln und setzte mich auf eine Bank, um die Ruhe vor dem Sturm zu genießen. Mein Herz klopfte. Vorfreude und Angst fuhren mit mir Achterbahn. Es fühlte sich an, als würde gleich ein neues Kapitel in meinem Leben beginnen.

Ich hatte schreckliches Lampenfieber und meine Gedanken überschlugen sich. Was, wenn keiner kommt? Was, wenn viele Leute kommen und das Buch schrecklich finden? Wie würde Bob in dieser Situation auf fremde Menschen reagieren? Wie würden sich die Leute mir gegenüber verhalten? Ich war kein Vorzeige-

Autor, sondern jemand, der sich am Rande der Gesellschaft durchschlug. Zumindest sah ich das so.

Zum Glück war Bob cool genug für uns beide. Er scharrte an seiner Lieblingsstelle herum und kam dann zu mir zurück. Er schenkte mir einen seiner mysteriösen Blicke, als wolle er sagen: »Alles wird gut, Kumpel, es ist okay!«

Es war fast unheimlich, aber er schaffte es wieder einmal, mich zu beruhigen.

Als ich eine halbe Stunde vor Beginn der Autogrammstunde bei der Buchhandlung ankam, hatten sich vier oder fünf Leute vor der Tür angestellt.

Oh, gut, immerhin werden wir nicht allein sein, dachte ich erfreut.

Alle lächelten uns an, und ich winkte ihnen verlegen zu. Ich konnte kaum glauben, dass jemand eine Stunde seines Feierabends opferte, um uns zu treffen. In der Buchhandlung standen auch ein paar Leute herum. Sie hatten sich an der Kasse angestellt und hielten alle mein Buch in der Hand.

»Komm mit nach oben in den Aufenthaltsraum«, begrüßte mich Alan, der Manager. »Du kannst noch etwas trinken, und Bob bekommt Milch. Entspannt euch noch ein bisschen, bevor es losgeht.«

Belle, Mary, Garry und ein paar Mitarbeiter vom Verlag waren schon dort, um mir Glück zu wünschen. Auf dem Tisch lag ein Stapel Bücher, die ich für den allgemeinen Verkauf unterschreiben sollte. Jemand hatte die nette Idee gehabt, einen Stempel in Form eines Pfoten-Abdrucks zu besorgen, sodass auch Bob »unterschreiben« konnte. Ich machte mich an die Arbeit und unterschrieb die Bücher. Belle verzierte mein Gekrakel mit Bobs Pfoten-Stempel. Es waren mindestens zwei Dutzend Bücher, die man mir hingelegt hatte. Glaubten die wirklich, dass sie die alle verkaufen würden?

Irgendwann kam eine Mitarbeiterin herein und verkündete mit breitem Grinsen: »Sie reicht bis ans Ende der Straße!«

»Wer?«, fragte ich verständnislos.

»Die Schlange. Die Leute, die euch sehen wollen, stehen bis ans Ende der Straße und auch noch um die Ecke herum. Es sind mindestens hundert, und ständig kommen neue dazu.«

Ich war sprachlos. Einen Moment lang dachte ich daran zu fliehen. Einfach aus dem Fenster klettern, die Regenrinne hinunterrutschen und wegrennen!

Kurz vor sechs Uhr lud ich Bob ein, auf meine Schulter zu klettern, und wir machten uns auf den Weg zurück in den Verkaufsraum im Erdgeschoss. Auf dem Treppenabsatz lugte ich vorsichtig nach unten und bekam weiche Knie. Der Laden war gerammelt voll.

Mitten im Raum stand ein Tisch voller Bücher, hinter dem ich mit Bob Platz nehmen sollte. Eine unüberschaubar lange Menschenschlange streckte sich an den Bücherregalen entlang bis zum Eingang und hinaus in den dunklen Märzabend. Es waren tatsächlich mehr als hundert Leute gekommen. Auf der anderen Seite des Ladens stand eine Schlange vor der Kasse, die alle mein Buch kauften. Außerdem waren mehrere Fotografen und ein Fernsehteam da.

Als wir die letzten Stufen hinabstiegen, ging ein Blitzlichtgewitter los, und die Fotografen riefen:

»Bob! Bob! Schau hierher, Bob!«

Die Leute in der Buchhandlung klatschten, und ein paar jubelten sogar.

Die vergangenen Jahre mit Bob auf der Straße hatten mich gelehrt, immer auf alles gefasst zu sein. Aber in diesem Moment betraten wir absolutes Neuland.

Klar war nur eines: Wir hatten zu viel durchgemacht, um diese Chance nicht zu ergreifen.

»Los geht's, Bob«, flüsterte ich meinem coolen Rotpelzchen zu. Ich streichelte ihm über den Rücken und atmete tief durch. »Jetzt gibt es kein Zurück mehr.«

Epilog
Für immer

Dieser Abend im März 2012 war höchstwahrscheinlich der wichtigste in meinem Leben. Die Signierstunde in Islington war so erfolgreich, wie ich es in meinen kühnsten Träumen nicht erwartet hätte. Paul McCartney war zwar nicht gekommen, aber dafür über dreihundert andere Menschen. Der Andrang hatte alle überrumpelt, auch die Buchhandlung, deren Vorrat von zweihundert Büchern bereits nach einer halben Stunde ausverkauft war.

»So viel zu meiner Schätzung, dass ihr höchstens ein halbes Dutzend Bücher verkaufen werdet«, wandte ich mich nach drei Stunden und vielen Unterschriften sowie einigen Interviews glücklich an Alan, den Geschäftsführer.

Als die englische Ausgabe von *Bob, der Streuner*, *A Streetcat named Bob*, zwei Tage später auf den Markt kam, wurde es »eine sofortige Bestseller-Biografie«, wie die *Times* schrieb. Schon am ersten Wochenende nach der Veröffentlichung war unser Buch auf der englischen Bestseller-Liste – und hielt sich dort das ganze Jahr fast durchgehend auf Platz eins.

Ich kaufte mir jeden Sonntag eine Zeitung und sah mir kopfschüttelnd die neue Liste an. Warum war das Buch so beliebt? Was an unserer Geschichte bewegte die Menschen so sehr?

Irgendwann gab ich es auf, das Geheimnis lüften zu wollen, und freute mich einfach darüber.

Das Buch fand auch schnell Anklang in anderen Ländern. Aus dem Originaltitel wurde in Italien *A spasso con Bob (Ein Spaziergang mit Bob)*, in Portugal *A minha história com Bob (Meine Geschichte mit Bob)* und in Deutschland *Bob, der Streuner.* Die Menschen liebten unsere Geschichte, egal, in welcher Sprache – und alle waren gleichermaßen verrückt nach Bob.

Bob und ich wurden in Fernseh- und Radiosendungen eingeladen, um über unser Buch und seine Beliebtheit zu sprechen. Vor unserem ersten Liveauftritt im BBC-Frühstücksfernsehen war ich total nervös. Ich hatte große Angst, dass Bob wegen der grellen Lichter oder der ungewohnten Umgebung ausflippen könnte. Aber er benahm sich wie ein Vollprofi, saß völlig entspannt auf dem Sofa und betrachtete sich auf dem Monitor, der vor uns stand. Er wiederholte den High-five-Trick etliche Male für die Moderatoren, die ihm innerhalb von wenigen Minuten genauso verfallen waren wie all seine anderen Bewunderer. Er war der Star der Sendung.

Wohin wir auch kamen, die Fragen waren immer dieselben. Vor allem wollte jeder wissen, wie der Erfolg des Buches unser Leben verändert hatte.

Es dauerte natürlich eine Weile, bis wir den Erfolg des Buches auch finanziell zu spüren bekamen. Wir hielten uns noch ein paar Monate länger mit Straßenmusik auf der Neal Street in Covent Garden über Wasser. Mit der Zeit konnten wir unsere Arbeitstage reduzieren. Es war ein unbeschreibliches Glück, morgens aufzuwachen und zu wissen, dass wir Kälte und Regen nicht mehr um jeden Preis trotzen mussten. Kein täglicher Existenzkampf mehr und keine stille Verzweiflung, die ich auf dem Weg nach Angel oder Covent Garden tagein, tagaus unterdrücken musste.

Ein kleiner Teil von uns würde die guten Zeiten dort trotzdem vermissen. Wir traten immer wieder mal in Covent Garden auf, nur mit dem Unterschied, dass wir jetzt Geld für Bedürftige sammelten und nicht mehr für uns.

Seit Anfang 2013 sammeln wir Spenden für die Tierschutzorganisation *Blue Cross*. In einer Woche gingen mit unserer Hilfe fast 5000 Pfund Spenden ein, und bis Ende des Jahres hat sich diese Summe auf über 20 000 Pfund erhöht. Es war ein fantastisches Gefühl, endlich etwas zurückgeben zu können. In der ersten Zeit mit Bob hat mir das *Blue Cross* sehr geholfen und ihre mobile Ambulanz, die einmal pro Woche in Islington Green stand, war auch danach immer für uns da.

Dass Bob in mein Leben getreten war, konnte ich mir nur mit Karma erklären. Irgendwann in meinem Leben hatte ich wohl etwas Gutes getan, und Bob war meine Belohnung. Als Botschafter für das *Blue Cross* konnte ich mich nun revanchieren und damit den Karma-Fluss aufrechterhalten. Demnächst möchte ich das Gleiche für eine Hilfsorganisation tun, die sich um Obdachlose kümmert.

»Hat dich das Buch reich gemacht?«, werde ich immer wieder gefragt.

Jedenfalls war ich nicht über Nacht zum Millionär geworden, aber ich musste auch nicht mehr die Regale im Supermarkt nach Sonderangeboten absuchen, die das Haltbarkeitsdatum überschritten hatten. Zum ersten Mal seit vielen Jahren hatte ich wieder ein Bankkonto und sogar einen Steuerberater. Ja, ich war endlich auch ein Steuerzahler.

Als Obdachloser oder *Big-Issue*-Verkäufer gibt man der Gesellschaft nichts ab – und dafür wird man mit Verachtung bestraft. Vielen Leuten macht es sogar Spaß, einen damit zu beleidigen. »Such dir einen Job, du Schnorrer!« Wie oft musste ich mir diesen Satz anhören?!

Die Leute verstehen nicht, wie minderwertig man sich als Obdachloser, Straßenmusiker oder auch als Zeitungsverkäufer fühlt. Als Steuerzahler war ich wieder ein vollwertiges Mitglied der Gesellschaft – und das war ein gutes Gefühl.

Der Erfolg des Buches hatte aber noch viel mehr positive Auswirkungen auf mein Leben.

Nicht zuletzt hat es das Verhältnis zu meinen Eltern verbessert. Ich werde den ungläubigen und doch hocherfreuten Gesichtsausdruck meines Vaters beim Anblick der Menschenmassen, die zu unserer ersten Signierstunde in die Buchhandlung gekommen waren, nie vergessen. Nach all den vielen Enttäuschungen gab es endlich etwas in meinem Leben, worauf er stolz sein konnte.

Angeblich waren seine Augen nicht trocken geblieben, als er das Buch zu Hause las. Er hat mich extra angerufen, um mir zu sagen, wie stolz er auf mich ist, und das hat er seither immer wieder getan.

Er nervte mich zwar weiter, dass ich mir die Haare schneiden und mich rasieren solle, aber immerhin bedrängte er mich nicht länger, dass ich mir »einen richtigen Job« suchen müsste.

Ich flog auch wieder zu meiner Mutter nach Australien, um Zeit mit ihr zu verbringen. Sie las das Buch und weinte. Wir redeten offen und ehrlich miteinander und stellten fest, dass wir jetzt Freunde sein können.

Und noch ein großer Wunsch ging für mich mit dem Buch in Erfüllung: Es hat die Einstellung der Leute gegenüber *Big-Issue*-Verkäufern und Obdachlosen grundlegend verändert. Ich bekam Post von Schulen und Hilfsorganisationen, die sich bei mir bedankten, weil ihnen die Geschichte von mir und Bob geholfen hat, die Notlage der Obdachlosen besser zu verstehen.

Bob und ich sind auf Facebook und Twitter. Fast täglich schreibt uns jemand, dass er nun nicht mehr achtlos an den Verkäufern von

Obdachlosenzeitschriften vorbeigehe. Viele berichten, dass sie sich jetzt auch Zeit für ein Gespräch nehmen würden. Das macht mich wirklich stolz. *The Big Issue* ist eine wunderbare Einrichtung, die es verdient, unterstützt zu werden, besonders jetzt, bei der schwierigen Wirtschaftslage.

Sehr berührt haben mich auch die Nachrichten von Lesern, die gerade selbst eine schwere Zeit durchmachen. Manche schöpften Kraft aus unserem täglichen Überlebenskampf, andere erkannten darin die Heilkraft der Tiere für uns Menschen. Ich freute mich über jede einzelne dieser Nachrichten. Nicht in einer Million Jahren hätte ich gedacht, dass wir mit unserem Buch das Leben eines einzigen Menschen verändern könnten – und nun waren es Tausende.

Ein paar wenige übertrieben es allerdings auch und nannten Bob und mich »Heilige«. Vielleicht war Bob ja einer, aber ich ganz bestimmt nicht. Du kannst nicht einen großen Teil deines Lebens auf der Straße leben und davon nicht geprägt werden. Kurz gesagt: Den heiligen James von Tottenham gibt es nicht, weder in der Vergangenheit noch in der Zukunft.

Es gibt nur den Mann, der eine zweite Chance bekommen hat und täglich alles daransetzt, diese zu nutzen.

Vor Kurzem bekam ich einen Brief von einer Frau aus einem kleinen Ort in Wales, deren beste Freundin gerade ihren Kampf gegen Krebs verloren hatte. In ihren letzten Tagen hatte sie unser Buch gelesen. Es hatte sie so berührt, dass sie ihrem Pastor ein Exemplar schenkte. Bei der Grabrede ihrer verstorbenen Freundin hielt er unser Buch hoch und erzählte den Trauergästen:

»Dieses Buch hat ihr am Ende ihres Lebens viel Kraft gegeben. Bob und James sind ein gutes Beispiel für Glaube, Liebe und Hoffnung.«

Der Brief hat mich zu Tränen gerührt und erschüttert. Ich bekam ihn tagelang nicht mehr aus dem Kopf.

Viel zu lange haben diese drei unschätzbaren Werte – Glaube, Liebe und Hoffnung – in meinem Leben gefehlt. Aber eines Tages hat mir das Schicksal gleich alle auf einmal zugespielt. In Form eines schelmischen, verspielten, manchmal auch launischen, aber immer treuen Rotpelzchens, das mein Leben verändert hat.

Bob hat mir den Glauben an mich selbst und an meine Mitmenschen zurückgegeben. Er hat mir wieder Grund zur Hoffnung gegeben, die ich schon ganz verloren hatte. Aber vor allem schenkte er mir die Art von bedingungsloser Liebe, die jeder von uns braucht.

In einer Fernsehsendung der BBC stellte mir der Moderator eine Frage, mit der er mich einen Moment völlig aus der Fassung brachte:

»Wie wird es weitergehen, wenn Bob mal nicht mehr da ist?«

Zuerst musste ich schlucken, aber als ich mich wieder gefangen hatte, antwortete ich ohne lange nachzudenken:

»Natürlich weiß ich, dass Tiere nicht so lange leben wie Menschen, aber jeder Tag mit ihm ist ein Geschenk, das ich zu schätzen weiß. Und wenn die Zeit gekommen ist, dass er gehen muss, wird er in den Büchern, die ohne ihn nie geschrieben worden wären, für immer weiterleben.«

Es waren die aufrichtigsten Worte, die ich je von mir gegeben hatte.

Meine Welt vor Bob war ein freudloser, herzloser und, ja, hoffnungsloser Ort. Mit seiner Hilfe habe ich gelernt, die Welt mit anderen Augen zu sehen. Ich bin glücklicher, gesünder und lebensfroher als je zuvor. Zumindest für eine Weile bin ich dem Leben auf der Straße entkommen. Ohne Bobs Liebe hätte ich das alles nicht geschafft.

Ich habe keine Ahnung, wohin uns dieses Abenteuer noch führen wird. Aber solange Bob bei mir ist, wird er immer der Auslöser für alles Gute sein, das mir widerfährt. Er ist mein Partner, mein bester Freund, mein Lehrer und mein Seelenverwandter. Und das wird er bleiben. Für immer.

Danksagung

Dieses Buch war eine Gemeinschaftsproduktion, und ich möchte mich bei meinem großartigen und talentierten Team für all die Unterstützung und Hilfe bedanken, denn nur gemeinsam konnten wir das schaffen. Garry Jenkins war meine rechte Hand; mit seiner journalistischen Erfahrung half er mir bei der Auswahl der Geschichten und brachte das Manuskript in Form. Vom Verlagshaus Hodder danke ich Rowena Webb und Maddy Price sowie Ciara Foley, die das Skript überarbeitet haben. Unbedingt erwähnen möchte ich auch Emma Knight, Kerry Hood und Emilie Ferguson aus der Presseabteilung. Außerdem danke ich Dan Williams für die wunderschönen Zeichnungen im Buch.

Von der Literaturagentur Aitken Alexander stehe ich für immer tief in der Schuld meiner fantastischen Agentin Mary Pachnos, zusammen mit ihrem Team Sally Riley, Nishta Hurry, Liv Stones und Matilda Forbes-Watson. Außerdem danke ich Joaquim Fernandes von Aitken Alexander und Raymond Walters von R Walters & Co für die hochgeschätzte Beratung und Hilfe.

Im privaten Bereich danke ich meinen besten Freunden Kitty und Ron für ihren Beistand in diesem vergangenen, ziemlich verrückten Jahr. Sie hatten es nicht immer leicht mit mir, aber sie bleiben meine loyalen Felsen in der Brandung, und ich schulde ihnen viel.

Auch meinen Eltern möchte ich für ihre Liebe und Unterstützung danken, nicht nur im letzten Jahr, sondern auch in meiner dunklen und schwierigen Zeit, als ich ihnen alles andere als ein guter Sohn war.

Außerdem möchte ich an dieser Stelle all den vielen Menschen danken, die mir entweder direkt oder über Facebook und Twitter geschrieben haben. Vielen Dank für all die guten Wünsche und die vielen eigenen Erfahrungsberichte. Ich habe mich bemüht, so vielen wie möglich persönlich zu antworten, und hoffe, Sie werden mir vergeben, dass ich nicht jedem Einzelnen zurückschreiben konnte. Manchmal war der Ansturm einfach zu groß.

Meine tiefste und ewige Dankbarkeit gehört jedoch nach wie vor dem kleinen Streuner an meiner Seite. Ich weiß immer noch nicht, ob ich Bob gefunden habe oder er mich. Sicher ist nur eines: Ohne ihn wäre ich verloren.

James Bowen
London, Mai 2013

James Bowen ist Straßenmusiker und lebt in London. Er fand Bob, den Streuner, im Frühling 2007. Seitdem sind die beiden Freunde unzertrennlich.

Neuigkeiten, Geschichten und Fotos über James und Bob findet ihr unter:
www.luebbe.de oder auf Bobs deutscher Facebook-Seite *Bob, der Streuner* oder auf James' internationaler Facebook-Seite *James Bowen & Streetcat Bob*. Außerdem könnt ihr den beiden auf Twitter folgen: www.twitter.com/streetcatbob

Das ideale Geschenk für Freunde, Familie und alle Katzenfans

James Bowen
BOB, DER STREUNER
- WANDKALENDER
ISBN 978-3-404-60879-9

Bob, der Streuner – der Wandkalender entfaltet Monat für Monat neue Motive von James und seinem Kater Bob. Ob zu Hause oder unterwegs auf den Straßen Londons, im selbstvergessenen Spiel, auf Entdeckungstour, entspannt auf dem Lieblingsplatz oder beim Schmusen mit seinem Freund James – Bob, der Streuner, der Kater mit der treuen Katzenseele fasziniert und bezaubert!

16 Postkarten mit zauberhaften Bob-Motiven zum Verschicken und Verschenken

James Bowen
BOB, DER STREUNER
- POSTKARTENBUCH
ISBN 978-3-404-60880-5

Die wunderbare Geschichte der Freundschaft zwischen James Bowen und seinem Kater wurde mit Bob, der Streuner zum Welt-Bestseller. Millionen Fans verfolgen begeistert das Leben der beiden ungleichen Freunde. Bob, der Streuner – das Postkartenbuch bietet die schönsten Fotos von Bob, dem Streuner als Postkarten zum Verschicken und Verschenken. Karte für Karte neue, witzige und besonders kuschelige Motive von James und seinem Kater Bob.

Durch das Jahr 2016 mit James und Bob

James Bowen
BOB, DER STREUNER
- TASCHENKALENDER
ISBN 978-3-404-60881-2

Mit Bob, der Streuner – der Taschenkalender können Sie 2016 Ihre Wochenplanung ganz im Zeichen von Bob, dem Streuner vornehmen. Auf vielen neuen Fotos begleiten Sie die besten ungleichen Freunde der Welt, James und seinen Kater Bob. In liebevoller Ausstattung, mit abgerundeten Ecken, zwei Lesebändchen und praktischer Gummilitze ist dieser Taschenkalender der schönste Begleiter für 2016.

Bastei Lübbe

Eine ungewöhnliche Freundschaft

James Bowen
BOB, DER STREUNER
Die Geschichte einer
außergewöhnlichen Katze
Aus dem Englischen
von Ursula Mensah
200 Seiten
mit zahlreichen
Abbildungen
ISBN 978-3-414-82392-2

Vollkommen verwahrlost hockt der getigerte Kater eines Abends vor James' Wohnungstür. Aus seinen großen grünen Augen blickt er ihm so traurig entgegen, dass James gar nicht anders kann, als ihn bei sich aufzunehmen. Er nennt den Kater Bob und päppelt ihn wieder auf. Dabei hat James es schon schwer genug – als Straßenmusiker reicht das Geld kaum für sein eigenes Abendessen. Als es dem struppigen Streuner besser geht, lässt James ihn wieder laufen. Doch Bob bleibt. Von nun an weicht er seinem Freund nicht mehr von der Seite. Jeden Tag begleitet er ihn zur Arbeit, stets auf seinem Lieblingsplatz, der rechten Schulter, und bringt James Glück.

Boje

Bob und James sind beste Freunde:
Bob begleitet James auf Schritt und Tritt.

James Bowen
BOB, DER STREUNER - DAS IST MEINE GESCHICHTE
Aus dem Englischen
32 Seiten
mit zahlreichen Abbildungen
ISBN 978-3-414-82395-3

Doch was geschah mit dem kleinen Kater, bevor er James fand? Hier erzählt Bob seine Geschichte, wie sein Leben plötzlich auf den Kopf gestellt wurde und er auf die Suche ging nach einem neuen Zuhause und jemanden, der ihn lieb hat.
Eine herzerwärmende Geschichte über den Beginn einer wahren Freundschaft